PÈRE PEDRO
OU LES COLLINES DU COURAGE

« Paroles vives »

DU MÊME AUTEUR

QUAND J'ÉTAIS GRANDE, roman (Mercure de France, 1982).

LES FIANCÉS DE BAGDAD, récit, en collaboration avec Thierry Parfenoff (Albin Michel, 1991).

Denise Gault

PÈRE PEDRO
OU
LES COLLINES DU COURAGE

Albin Michel

Albin Michel
▪ *Spiritualités* ▪

Collections dirigées
par Jean Mouttapa et Marc de Smedt

22, rue Huyghens, 75014 Paris

ISBN 2-226-06921-6

« Aimons Dieu, mes frères, aimons Dieu, mais que ce soit aux dépens de nos bras, à la sueur de notre front... »

Saint Vincent de Paul

1

Les risques du métier

D'ABORD, on se calme. Ne pas se laisser impressionner par ces quatre types menaçants. Encore moins jouer les justiciers ou les martyrs. Ces gars-là sont des représentants des « forces de l'ordre » en civil, Pedro les a reconnus, et ils ont la main sur le revolver accroché à leur ceinture, sous leur veste : ils n'attendent qu'un prétexte pour faire usage de leur arme. « Rébellion contre la force publique »... Les arguments ne leur manqueraient pas. La ruse froide de leur regard en dit long sur leurs intentions.

Pedro n'a pourtant pas l'habitude de se laisser marcher sur les pieds. Il est plutôt du genre bagarreur. Mais cette fois, il sait qu'il risque gros. Et pas seulement pour lui. Alors il respire un grand coup, rassemble toute son énergie pour s'empêcher de réagir à leurs invectives. Il ne va tout de même pas leur fournir une si belle occasion de se débarrasser de lui. La mort ne lui fait pas peur, à Pedro, mais il a encore quelques petites choses à faire ici-bas. Sept mille cinq cents personnes qui comptent sur vous pour les sortir de leur merdier de misère, ça ne se laisse pas tomber du jour au lendemain.

– Notre brigade est venue t'arrêter, braille l'un des hommes en agitant des menottes.

– On aura ta peau! défie un autre.

Adossé à la portière de sa voiture, Pedro jette un coup d'œil vers le commandant de gendarmerie en discussion avec le lieutenant de la brigade, là-bas, à l'intérieur d'une gargote, de l'autre côté de la rue. Lui seul peut le tirer de ce mauvais pas.

– Tu ne crois tout de même pas que tu vas faire la loi dans notre pays... C'est nous, les forces de l'ordre, ici. Et tu peux nous croire : tu vas y aller, en taule.

La prison. Pedro n'a pas cillé, mais il prend la menace au sérieux. Avec l'appareil judiciaire malgache, on ne sait jamais. Dans les commissariats de police, les casernes de gendarmerie, et parfois même jusque dans les tribunaux, certains ont gardé de l'ancien régime – renversé début 1993 – de vieux réflexes de corruption. Une habitude de considérer la légalité comme une donnée à géométrie variable selon que l'on a affaire à un pauvre ou à un puissant. Et Pedro n'est pas sûr que ses fonctions de prêtre missionnaire lui confèrent quelque considération que ce soit, car lui, justement, c'est des pauvres qu'il s'occupe. Et pas n'importe lesquels : les déshérités qui vivent dans la rue, ceux qu'à Tana on appelle les « 4 Mi », ces « rebuts de la société ».

Ici, à Madagascar, dans la plupart des cas, on met d'abord en prison, on fait l'enquête ensuite. Pedro a de quoi se méfier. Sans doute, le commandant de gendarmerie qui l'accompagne a-t-il l'air d'un brave type, mais à l'évidence cette affaire l'embarrasse au plus haut point. De quoi s'est-il mêlé, ce prêtre!...

De quoi s'est-il mêlé, le père Pedro? De ce qu'il estime relever de sa responsabilité envers une enfant mineure, hébergée avec sa famille dans l'un des villages qu'il a créés, Manantenasoa, à l'est de la capitale malgache. Cette fillette de quatorze ans, Sahondra, des inconnus voulaient l'emmener contre son gré, sans prévenir sa famille.

Délicate affaire.

La veille, 28 juin 1993, en fin d'après-midi, le père Pedro s'apprêtait à quitter Manantenasoa qu'il venait de faire visiter aux délégués d'un organisme international. Ceux-ci avaient été stupéfaits du travail accompli dans ce village pour loger et donner du travail à des centaines de gens qui vivaient auparavant dans la rue et que tout le monde croyait irrécupérables. A la sortie de Manantenasoa, Pedro était arrêté par un attroupement : des hommes et des femmes, en colère, barraient le passage à une voiture conduite par deux hommes :

– Mon père! Des inconnus enlèvent une de nos filles!

A l'arrière du véhicule se trouvait en effet Sahondra, qui avait disparu depuis huit jours. Elle était en pleurs. Que faisait-elle là?

– C'est une voleuse! a lancé l'un des deux hommes. Et il a sorti de sa poche une carte officielle en affirmant qu'il appartenait à la police.

Pedro a froncé les sourcils : pourquoi ce policier

n'avait-il pas réglé auparavant l'affaire avec les responsables du village, comme cela se pratiquait d'ordinaire, en pareil cas? Et qui était l'autre homme?

– C'est le patron de la fille, celui qui a été volé.

– Il a inventé cette histoire de vol pour m'obliger à le suivre à Majunga! a protesté Sahondra.

A Majunga, le port au nord-ouest de l'île? Et pour y faire quel genre de travail? Sahondra était mineure : sa mère avait-elle donné son accord? Réponses évasives des deux hommes. L'affaire paraissait décidément suspecte. Autour des deux inconnus, la foule, hostile, devenait de plus en plus nerveuse. Un homme s'était approché avec un bâton. Pedro l'avait désarmé juste à temps. Pendant qu'il s'en occupait, un autre homme parvenait à envoyer un direct dans le visage du soi-disant policier. La situation risquait de mal tourner. Pedro mesurait le danger. Il connaissait l'agressivité des gens de Manantenasoa lorsqu'ils ne se contrôlaient plus. Les deux individus, à côté, étaient morts de trouille. S'il n'intervenait pas rapidement, la foule allait leur faire un mauvais sort, c'était sûr. Alors le prêtre s'était interposé :

– Nous n'avons pas à faire justice nous-mêmes. Appelons les gendarmes!

En attendant les représentants des forces de l'ordre, Pedro avait essayé de tirer au clair les explications des uns et de l'autre. Sahondra expliquait : il y a huit jours, l'un des hommes était venu l'embaucher comme femme de ménage. Elle l'avait suivi sans rien dire à personne, alléchée par des promesses d'une vie agréable et d'un bon salaire. Au bout d'une semaine, le patron avait voulu l'envoyer travailler à Majunga. Comme elle refusait de partir, il l'avait accusée d'avoir volé de l'argent et il avait appelé les gendarmes. Ceux-ci l'avaient tabassée, disait-elle, pour lui faire avouer le vol. En vain. Finalement, le patron expliquait qu'il avait retrouvé l'argent. Sahondra faisait trop de problèmes pour partir à Majunga. Cet après-midi, il l'avait reconduite au village et comptait ramener une autre fille à sa place.

Mais pourquoi la présence d'un policier avec lui? Le « patron » bafouillait : n'ayant pas de permis de conduire, il avait demandé à son ami de l'accompagner.

Bizarre, bizarre... Les pires soupçons étaient permis.

Des gendarmes de la caserne voisine arrivèrent enfin. L'affaire leur parut anormale à eux aussi et ils emmenèrent les deux individus.

Le lendemain matin, Pedro se rendit à son tour à la gendarmerie. Il venait déposer plainte pour détournement de mineure et abus de pouvoir. Car il n'avait pas l'intention de laisser saboter le travail de réhabilitation qu'avec les volontaires de son association, Akamasoa, il avait entrepris auprès de tous ces déshérités.

Pedro ne se doutait pas, alors, qu'il allait avoir affaire à forte partie. A la gendarmerie, il apprit que les deux individus amenés la veille avaient été relâchés. Le soi-disant policier était en réalité... un gendarme en civil. Qui venait de passer à la contre-attaque. Sa version? Il aurait agi en service commandé et il accusait Pedro d'entrave à son travail, d'injures envers la gendarmerie et d'avoir monté la foule contre lui. Sur la foi des seules déclarations de ce gendarme, la brigade à laquelle il appartenait était partie à la recherche du prêtre pour l'arrêter.

Pedro écoutait, atterré. L'affaire prenait une sale tournure. Si l'esprit de corps s'en mêlait, c'étaient toutes les forces de l'ordre qu'il allait avoir contre lui. Il fallait tout de suite aller s'expliquer en haut lieu. Il avait sauté dans sa voiture et s'était rendu chez le commandant de la gendarmerie du secteur. Le commandant connaissait la réputation du père Pedro. Les journaux et la télévision parlaient souvent de son action courageuse auprès des 4 Mi. Mais dans cette histoire d'enlèvement de mineure, la réputation d'un gendarme était en cause... Embarrassé, le commandant avait cependant promis une enquête objective, sous la responsabilité de ses propres services. En attendant il annulait l'arrestation un peu trop précipitée, décidée par la brigade des gendarmes en civil. L'intervention de cette brigade était en effet illégale puisque celle-ci se trouvait à la fois juge et partie dans l'affaire où était impliqué l'un de ses membres.

C'est précisément ce que le commandant venait de signifier au lieutenant qui dirigeait les quatre hommes.

On en est là. Autour de Pedro, les quatre énergumènes s'impatientent. L'un d'eux est justement celui qui se trouvait, la veille, à Manantanesoa, avec le patron de Sahondra. C'est le plus vindicatif, le plus dangereux, semble-t-il. Policier? Sans doute. Mais que venait-il faire, sans mandat, sans être accompagné du second policier réglementaire? Peut-être seulement pour intimider la fillette? Il se serait alors rendu complice d'une tentative d'enlèvement de mineure... Même involontaire, son attitude est répréhensible.

Là-bas, près du commandant, le lieutenant des quatre hommes leur fait signe : ordre d'arrestation suspendu. Ils encadrent une dernière fois le prêtre :

– On aura ta peau! répètent-ils, dents serrées, avant de tourner les talons.

De son côté, Pedro reconduit dans sa voiture le commandant à son bureau. En cours de route, il lui fait part des menaces de mort proférées à son endroit. Il comprend d'autant plus mal cette hostilité qu'il a toujours entretenu les meilleurs rapports avec les familles des gendarmes, lorsqu'il était curé de la paroisse de Vangaindrano, dans le sud du pays. Il les a même souvent dépannées.

Le commandant cherche à minimiser l'incident : « Voyons! Vous n'avez rien à craindre! » Cependant, durant les dix kilomètres qu'il doit parcourir pour rentrer chez lui, Pedro, l'œil aux aguets, n'en mène pas bien large...

Pourraient-ils, dans ce pays où la religion tient une si grande place, s'en prendre à un prêtre? Il ne peut l'envisager. Ses amis malgaches, si. Ils lui arrachent la promesse de ne plus sortir seul le soir, sans être accompagné de l'un d'entre eux.

Avec le père Pedro, ces jeunes se sont lancés dans

l'incroyable aventure de sortir de la rue et des décharges d'ordures les exclus qui y croupissaient. Avec lui ils affrontent quotidiennement tous les problèmes des villages. Celui qui voudra toucher à un cheveu du père Pedro – ou même à un seul poil de sa barbe! – les trouvera sur son chemin.

L'enquête officielle démarre deux jours plus tard. Pedro est d'abord plutôt confiant mais, ce matin-là, en arrivant à Manantenasoa, il déchante : des gendarmes ont commencé à interroger la population. Or, parmi eux, il reconnaît l'un de ceux qui l'ont menacé l'autre jour :

– C'est toi, qui voulais me tuer! s'écrie-t-il.

Aussitôt, les villageois s'interposent, véhéments :

– Si vous voulez tuer le père, tuez-nous d'abord!

Le ton monte. Les représentants des forces de l'ordre prennent peur. A nouveau, il faudra l'intervention du père Pedro pour qu'ils puissent s'en aller sans dommage.

Ils ne lui en sauront aucun gré lorsqu'ils le retrouveront, seul, le lendemain, dans le bureau de la caserne où Pedro attend de rencontrer le commandant qui l'a convoqué pour interrogatoire. Injures. Bourrades. Insultes.

– Vous allez répéter tout cela devant le commandant, leur dit simplement Pedro, imperturbable.

Devant le commandant, évidemment, tout le monde se tait. Le gradé se veut rassurant :

– Votre renommée et votre prestige, Père, sont notre fierté! Vous n'avez rien à redouter. L'affaire est réglée!

Réglée? Alors pourquoi le convoque-t-on, pour le lundi suivant, devant le tribunal? Entre-temps, les forces de l'ordre « retrouvent » curieusement les autorisations officielles justifiant la présence du gendarme en civil sur les lieux, à Manantenasoa. Sahondra et son amie viennent d'être arrêtées : Sahondra est placée pour trois mois dans une maison de correction. La jeune fille qui avait accepté de travailler à sa place chez le patron devra faire un mois de prison. Et comme le hasard produit subitement de surprenantes coïncidences, le certificat médical prouvant que Sahondra a bien été frappée par les gendarmes lorsqu'elle a été dénoncée par son patron a disparu.

Cette fois, Pedro ne se fait plus d'illusions : la parole d'un gendarme ou d'un policier ne sera jamais déjugée par des magistrats. Il avait raison de redouter « l'esprit de corps ». Les belles promesses des chefs ne servaient qu'à noyer le poisson.

Chez lui, Pedro met de l'ordre dans ses papiers, dans ses affaires. Il prévient les pères lazaristes, ses « collègues » de la mission Saint-Vincent où il loge :

– Si je suis arrêté et conduit en prison, vous m'apportez ça et ça...

Prudent, d'accord, mais fermement décidé à se défendre. C'est toute la crédibilité de son association qui est en cause. Et l'avenir de tous ces pauvres gens qui ont mis en lui tous leurs espoirs.

Avec le père Pedro, il faut toujours tenir compte d'un atout de taille : la Providence. Elle est là, fidèle au poste, dès le lendemain matin, sous la forme d'un article vigoureux paru en première page d'un quotidien local, *Le Journal de Madagascar,* signalant « L'affaire père Pedro » : « Le père des 4 Mi risque la prison! » Le lendemain, la nouvelle est reprise par un autre journal, *La Tribune de Madagascar,* qui lui donne également une large place et raconte, sans ménagement pour les responsables de l'ordre public (n'est-on pas désormais sous le régime démocratique de la troisième république malgache), les faits tels qu'ils se sont déroulés à Manantenasoa. Avec, en première page, sous le titre « Vers une bavure? » ce commentaire incisif :

> *« Le (saint) patron des enfants démunis de Madagascar semble être dans une mauvaise posture en ce moment. On lui cherche noise sur une triste affaire qui s'est déroulée dans « son » village de l'association Akamasoa. Pourquoi veut-on absolument dénigrer le père Pedro? Les autorités malgaches doivent savoir qu'elles n'ont pas réussi le dixième de ce que le père Pedro a fait pour nos 4 Mi. Un peu de décence SVP! »*

Comment ces journaux ont-ils été mis au courant de l'événement? Par le bouche à oreille des gens de la tribu Antesaka. Les Antesakas? Des inconditionnels du père Pedro depuis qu'il a été curé de paroisse, et champion de l'équipe locale de foot, à Vangaindrano, un « fief » de leur tribu. Contraints, par la pauvreté de leur province, de quitter leurs villages, ils sont venus travailler dans les ports et les villes de l'île. C'est là que la nouvelle leur est parvenue, colportée par les Antesakas de Tana : « Notre père Pedro est en danger! » L'annonce a intrigué un journaliste. Un Antesaka, lui aussi. Qui, vérification faite, n'a pas hésité. Et voilà... La Providence utilise parfois des réseaux imprévus...

Dès la parution des articles, l'opinion publique s'émeut. La mission locale de Médecins sans frontières – qui a pris en charge les dispensaires des villages du père Pedro – se mobilise aussitôt. Les organismes internationaux s'inquiètent. L'UNICEF, notamment, qui participe à l'action du père, et se déclare prête à lui apporter son soutien. Même réaction rapide et efficace de la part de l'ambassadeur de France, de celui d'Allemagne. Jusqu'à l'épouse du président de la République malgache, Thérèse Zafy, qui décide d'intervenir en faveur du prêtre. Elle annonce officiellement sa prochaine visite des villages du père Pedro, avec une équipe de la télévision. Une marque de confiance qu'elle mettra à exécution quinze jours plus tard...

La convocation au tribunal? Le père Pedro n'en a plus entendu parler. L'affaire semble définitivement classée. Mais l'alerte a été chaude. Les coups ne sont pas passés loin. Faut-il tourner la page? Pedro pencherait plutôt pour cette solution. L'autre jour, au volant de sa voiture, il s'est trouvé nez à nez, au coin d'une rue, avec le gendarme en civil qui avait tout déclenché. Il lui a fait un signe amical de la main : on ne peut pas toujours conserver de la rancune dans le cœur, ça l'encombre. L'autre, pris au dépourvu, a réagi de même.

Les amis malgaches du père Pedro continuent de se méfier. Trois mois ont passé mais ils lui interdisent toujours de s'aventurer, seul, dans les rues de la ville, la nuit. Un mauvais coup est si vite parti, lorsqu'il vise quelqu'un qui dérange...

2

Manantenasoa, l'espoir des 4 Mi

MADAGASCAR, octobre 1993. Nous sommes à Antananarivo, l'ancienne Tananarive, capitale de la « grande île » de l'océan Indien, autrefois joyau des colonies françaises, aujourd'hui, l'un des pays les plus pauvres de la planète.

La voiture bleue du père Pedro déboule au milieu du village. Coup de frein en catastrophe, portière qui claque, le père fonce vers le dispensaire de Manantenasoa, un petit enfant dans les bras. « Vite! Vite! » crie-t-il, à peine entré, en posant le bébé sur la table. Sœur Marie-Jeanne, la religieuse infirmière, se penche aussitôt sur le petit corps inanimé. Elle l'examine :

– Mais... il est mort! prévient-elle d'une voix aussi neutre que possible, prévoyant la réaction du père.

Il a beau être costaud, le père, et en avoir vu bien d'autres, ses épaules s'affaissent soudain. Il reste sonné. Là, devant l'enfant qu'il n'a pu sauver, il serre les poings à s'en faire mal. D'émotion, bien sûr, mais surtout de rage et d'impuissance.

Il n'y a pas une heure, cet enfant se trouvait dans les bras de sa mère, qui en tenait un autre par la main. La jeune femme attendait devant la porte de la maison Saint-Vincent la sortie du père Pedro. C'est là, dans une annexe de la mission lazariste, à Antananarivo – ici, on dit « Tana » –, que le père a pu installer le bureau de son association Akamasoa. Chaque matin, depuis plusieurs mois, il trouve ainsi à sa porte deux ou trois familles en perdition, à bout de forces. Dans la capitale malgache, la misère atteint un point extrême. Après vingt ans de dictature et de corruption érigées en système de gouvernement par le précédent régime de Didier Ratsiraka, aujourd'hui destitué, les nouveaux dirigeants du pays ont bien du mal à redresser l'économie exsangue et désorganisée de l'État. Les pauvres sont de plus en plus nombreux.

Impensable, pour Pedro, de passer sans s'arrêter, sans écouter chacun raconter sa détresse. Il cherche avec eux une solution, conseille, encourage d'une main chaleureuse posée sur l'épaule. Il ajoute, bien sûr, qu'ils ne doivent pas venir ici, que son bureau n'est pas un service social, il finit toujours par sortir un billet de sa poche pour dépanner ou payer le bus qui les déposera près du centre de Manantenasoa, en dernier recours.

Ce matin, lorsqu'elle a vu le père, la mère du bébé s'est mise à pleurer, à crier. Entre deux sanglots, elle a confié qu'elle était enceinte, que son mari l'avait abandonnée et qu'elle était à la rue depuis un mois, avec ses deux petits. Ils n'avaient pas mangé depuis deux jours. Le bébé avait beaucoup de fièvre.

Et soudain, elle s'est affaissée, évanouie. L'enfant dans ses bras a basculé en arrière, sa tête a heurté le sol. Sous le choc, il restait inanimé. Sa mère, revenue à elle, commençait à hurler de peur. Vite, le père Pedro a fait monter la famille à l'arrière de la voiture, il a calé l'enfant blessé sur le siège près de lui et il est parti en trombe. Direction : le dispensaire de l'association.

Tout cela pour rien. Voilà un enfant innocent, mort parce que sa mère errait avec ses petits depuis deux jours dans la ville, sans manger, sans pouvoir faire soigner son bébé... Tant de gens sont passés près d'elle sans même la regarder. Le père Pedro a envie de hurler, lui aussi. D'indignation et de colère. Contre cet égoïsme. Celui d'ici, à Madagascar, mais aussi celui des pays riches où le gaspillage est, pour lui, si scandaleux.

Pendant que l'infirmière va chercher un tissu blanc pour en envelopper le corps du bébé, le père va s'asseoir près de la maman, prostrée dans un coin de la salle, avec son gros ventre et son dernier enfant sur les genoux. Il la prend par les épaules, lui parle doucement, avec les mots de compassion et de réconfort qui lui sortent du cœur. Un cœur qu'il avoue « déchiré ». L'enfant, promet-il, sera enterré ici, avec une belle cérémonie.

Alors, seulement, les larmes de la maman s'apaisent...

Un peu plus tard, le père emmène la jeune femme et son enfant auprès de sœur Lucie, chargée de l'intendance :

– Ils ont faim. Il ne reste pas du riz, quelque part? Quand ils auront mangé, il faudra leur trouver une place dans l'une des maisons occupées par d'autres mamans seules.

Il ouvre le registre des nouveaux arrivés :

– C'est la septième famille accueillie en une seule semaine. A ce rythme, on en sera à trente à la fin du mois. Mais comment, et au nom de quoi, refuser ces laissés-pour-compte? Faudrait-il limiter notre accueil à quelques-uns et pas à d'autres? Ce sont tous des enfants de Dieu, non? Moi, je m'en tiens à l'Évangile : « Ce que vous faites pour le plus petit de mes frères, c'est à moi que vous le faites. »

Et il ajoute avec conviction :

– La Providence va nous aider, c'est sûr!.. Sûr.

Quatre ans qu'il tire, comme ça, la manche à la Providence, le père Pedro! Et ça marche : l'action d'Akamasoa, commencée à l'automne 89, auprès de cent quatorze familles de sans-abri, en concerne aujourd'hui plus d'un millier, réparties dans les neuf villages installés au cours des quatre années passées. Soit environ sept mille cinq cents personnes. Une sur deux est un enfant.

La moitié de ces familles vivent ici, à Manantenasoa, dans quatre villages – plutôt des hameaux – disséminés dans les collines autour du centre, installé en contrebas. C'est là que sont regroupées les différentes structures : dispensaire, bureau d'accueil, cuisines collectives, ateliers, magasins, le grand bâtiment qui sert à la fois de salle de classes, de lieu de réunions et de fêtes, d'église pour la messe du dimanche... C'est là que l'association Akamasoa, la bien-nommée – le mot signifie « les bons amis » –, a démarré la mission qu'elle s'était fixée : « mettre en œuvre un devoir de solidarité pour apporter l'aide morale et matérielle nécessaire à la réhabilitation des 4 Mi et à leur réinsertion sociale ». On a appelé l'endroit Manantenasoa : « espoir » en malgache. Sur cet emplacement, se trouvait auparavant le campement-mouroir d'Ambohimahitsy.

Ambohimahitsy... vision de cauchemar. Joseph, Maria, Gilbert et la plupart des habitants d'ici n'aiment pas trop remuer les horribles souvenirs attachés à ce lieu maudit.

– On vivait comme des bêtes...

Impossible d'oublier, pourtant.

– Quand le père est venu nous voir en 89, on était plus d'une centaine de familles parquées ici, sur la colline d'Ambohimahitsy. On était vaincus par la misère. On vivait depuis si longtemps dehors. La municipalité nous avait évacués de force du trottoir où on s'était installés le long du mur de l'hôpital. On s'abritait dans des cahutes bricolées avec du carton, des vieilles tôles, des morceaux de plastique, tout ce qu'on pouvait trouver. Pour nous faire partir, les forces de l'ordre les ont brûlées avec le peu qu'on y gardait, même nos papiers d'identité. Et ils nous ont embarqués dans des camions. Ils nous ont laissés là, à Ambohimahitsy, à la sortie de la ville, sans rien.

» A l'époque, en 1985, on était près de trois

cents familles. On a essayé tant bien que mal de reconstruire des abris, pour protéger au moins les enfants de la pluie et du froid. Ici, on est sur les hauts plateaux, à la mauvaise saison il ne fait pas chaud. Le soir, on retournait en ville fouiller les ordures, fallait bien vivre. Aller et retour, dix à quinze kilomètres, et rien dans le ventre. Certains mouraient d'épuisement, le long de la route. Quelques-uns sont retournés s'installer sur le trottoir, mais chaque fois ils étaient raflés et ramenés au campement. On était affamés, malades, les gens succombaient en grand nombre, surtout les enfants. Il y avait tellement de morts que les employés de la mairie venaient chaque fin de semaine creuser un grand trou, ils y jetaient les cadavres avec une pelle. C'était l'enfer... Impossible de tomber plus bas...

» C'est à peine si on se rappelait qu'avant on avait une maison, du travail, une vie comme tout le monde. Et puis, le travail avait manqué, on ne pouvait plus payer le loyer, on s'était retrouvés dans la rue, avec les enfants. On survivait comme on pouvait, en mendiant, en volant aussi parfois, en fouillant les poubelles et les tas d'ordures pour y trouver des os, des morceaux de fer ou d'alu, des bouteilles, du plastique, qu'on revendait. Parfois, on trouvait aussi à manger, on ne faisait pas les difficiles...

Pedro lui aussi se souvient, le cœur serré :

– Quand j'ai vu, de mes yeux, les conditions inhumaines dans lesquelles ils étaient contraints de vivre, j'ai été révolté. Comment pouvait-on rester indifférent à ça? Ils étaient des êtres humains, tout de même! Des frères, pour les chrétiens. J'ai refusé d'accepter l'idée qu'ils étaient définitivement perdus, que l'espoir leur était à tout jamais interdit.

C'est pour eux qu'il s'est lancé dans une telle entreprise. Pour eux, les exclus de la société malgache, les plus démunis d'entre les démunis, rejetés de partout, considérés comme des irrécupérables, des parias. Dans la ville, les gens les surnommaient « les 4 Mi », parce que les mots qui les caractérisent commencent par Mi, dans la langue du pays : violence, drogue, alcoolisme, prostitution. Pedro était bien le seul, à l'époque, à oser leur proposer non pas une assistance ponctuelle comme le faisaient déjà plusieurs œuvres charitables, mais « de travailler de leurs mains, de construire leur maison. De changer leur vie par eux-mêmes ».

Il y fallait un certain culot. Ou une sacrée dose de foi. Appelez cela comme vous voudrez. Car Pedro n'a jamais été dupe : la plupart des hommes et des femmes qui ont passé tant d'années à survivre d'expédients et de rapines ne sont pas des « enfants de chœur ». Il faut des années et des années pour les réhabiliter. Des années à affronter quotidiennement leurs bagarres, leur violence, leurs truandages, et surtout les ravages de l'alcoolisme. Pedro l'avoue : c'est la partie la plus difficile du travail de l'association. Joseph, Gilbert et les autres, aujourd'hui membres du comité des villageois, responsable des affaires courantes, en conviennent. Tous reviennent de tellement loin!

– Quand le père est arrivé, en 1989, on n'était que haine et méfiance. On était devenus comme des bêtes, on vous dit, des bêtes sauvages. C'est bien simple, lorsqu'il nous a proposé de nous aider à changer nos vies, on a haussé les épaules : encore un, avec ses belles paroles, voilà ce qu'on a pensé. Il ne s'est pas découragé. Il est revenu nous voir, souvent, c'était le soir, on s'asseyait par terre, on discutait. A la fin, on était comme des amis. Il nous parlait de l'avenir de nos enfants. C'est ça qui nous a décidés. On a fini par croire ce que le père disait, qu'on était capables de s'en sortir. Qu'on en aurait le courage.

Joseph, le plus vieux, se redresse et d'un grand geste désigne l'ensemble de Manantenasoa, bâti sur l'emplacement de l'ancien campement :

– Qui nous aurait dit, alors, qu'on aurait tout ça, les maisons bâties de nos mains, les villages, les fontaines, les écoles, le dispensaire, la carrière à côté pour travailler et gagner notre vie? On est toujours pauvres, mais ici, on peut mener une vie digne.

Ce matin, décidément, la Providence ne risque pas de chômer. Deux toutes jeunes femmes viennent d'arriver. Elles attendent devant le bureau d'accueil. La première a vraiment l'air d'une gamine. Regard perdu, désemparé. Elle cache ses guenilles sous une couverture grise de poussière, posée sur ses épaules et dans laquelle elle enveloppe aussi les deux petits qu'elle porte, un sur chaque bras. L'aîné doit avoir un an, guère plus. L'autre est un bébé, minuscule. Quel âge a-t-il donc? Huit jours.

Elle ne sait où aller. Pas plus que l'autre femme, à bout de forces. Les larmes coulent sur son visage, en longs sillons de détresse. Depuis quand n'a-t-elle pas mangé? lui demande doucement le père. Elle montre ses deux enfants, près d'elle : c'est d'eux d'abord, qu'il faut s'occuper...

Aujourd'hui, à Manantenasoa, il y aura deux familles de plus.

Mais où va-t-il, comme ça, le père Pedro? Jusqu'à quand laissera-t-il le nombre des nouveaux arrivés augmenter?

Fin 1991, Akamasoa regroupe déjà quatre cent trente familles dans cinq villages. Fin 1992, elles sont sept cent cinquante. Il a fallu créer trois villages de plus. Début 1993, l'association reçoit en moyenne six familles de plus par semaine. Vingt-cinq par mois, environ. En majorité des femmes seules avec plusieurs enfants. Record battu par Martine, trente-cinq ans, dont le mari venait de mourir et qui est arrivée suivie de ses onze mioches. Création d'un neuvième village. A la fin de cette même année, avec la saison des pluies et la misère croissante, le nombre des accueils s'est encore élevé. Même en déduisant celles qui ont été rapatriées, aux frais de l'association, dans leur région d'origine, l'addition s'allonge à trois cents nouvelles familles accueillies au cours de la seule année 1993.

– Ce n'est pas le nombre des pauvres à accueillir qui me fait peur, affirme Pedro. C'est le manque de moyens pour les recevoir, les soigner, les nourrir, les éduquer, les encadrer, leur fournir un travail à peu près décent, une maison même si c'est une cabane en bois. En ce moment, nous tournons avec seulement une avance financière d'un ou deux mois, guère plus. Mais aujourd'hui, dans la ville, des centaines d'enfants sont en péril de mort. Comment peut-on limiter son temps, ses forces, son accueil?

Il précise :

– Notre vrai souci, ce n'est pas d'assister ces pauvres laissés-pour-compte, surtout pas, mais de faire en sorte qu'ils deviennent plus autonomes, plus adultes, plus responsables. Des êtres humains à part entière. Qu'ils retrouvent leur dignité. Et ils en sont capables. Ils témoignent d'un courage dont on n'a pas idée, en Occident. Je le constate de mes yeux, de mon cœur, chaque jour, depuis quatre ans.

Le manque de moyens? Pedro réplique :

– Quelqu'un osera-t-il me dire qu'il n'y a pas d'argent, dans ce monde de gaspillage et de luxe tapageur, pour nourrir ces déshérités qui ne demandent pas mieux que de travailler, afin de leur tenir la tête hors de l'eau le temps que l'économie malgache, détruite par la dictature et la corruption, soit remise à flot? Aucun pays riche ne pourra se prétendre une nation de progrès tant qu'il y aura, à trois ou six heures d'avion, des populations qui croupissent dans le plus extrême dénuement, comme ici, à Madagascar.

» Cette misère absolue est aujourd'hui inadmissible. Pourtant, certains finissent par la considérer comme inévitable. Normale, presque. A force de la voir dans les rues ou sur les images de la télé, dans les journaux, ils s'y habituent. Moi, je refuse de m'habituer à une telle injustice. Non, cette misère n'est pas « normale ». Et je veux le crier!

De toutes façons, lorsqu'il se trouve en face de ces pauvres gens, en face de ces miséreux qui n'ont rien mangé depuis plusieurs jours, qui n'ont pas d'endroit où aller, qui ne trouvent personne, dans cette grande ville, à qui raconter leur malheur, il voudrait bien vous y voir, Pedro. Vous feriez quoi, à sa place? Lui, humainement, il est incapable de les renvoyer à la rue. « Qu'est-ce qu'il ferait, Jésus? »

Une question le préoccupe :

– Comment la plupart des chrétiens se débrouillent-ils avec leur foi?... Comment peut-on être un vrai chrétien en se contentant de belles paroles, de prières, de rites, de liturgie. Alors que, dans le monde, la misère et la faim réduisent des millions d'êtres humains à un état de " sous-humanité "? Dans l'Évangile, le Christ nous renvoie sans cesse à l'*action* pour les autres, au partage. Je sais, la solidarité, la fraternité, chrétiens et humanistes en parlent beaucoup. Ce sont de belles idées, en effet. Mais si elles ne sont pas concrétisées dans des actes, elles sont vides de sens. Voyez l'abbé Pierre! En voilà un qui peut parler, lui, il se bouge, il agit, même à son âge. On croit ce qu'il dit. Il est même devenu un repère dans ce monde déboussolé.

Alors, se limiter dans l'accueil, rester « raisonnable », faire la fine bouche au nom d'un soi-disant « réalisme » et fermer sa porte aux sans-abri? Pour Pedro, pas question :

– Qu'est-ce que vous voulez? Qu'ils meurent?

Cette fois, il crie pour de bon.

Le réalisme, le vrai, ce sont les relais : la plus grande partie du budget de l'association provient de l'aide de ceux qu'il a su convaincre de lui donner un coup de main. Souvent des anonymes, des gens simples, des écoles, des paroisses, des institutions religieuses, un peu partout en Europe. Sans leur solidarité, les financements indispensables apportés par les grands organismes internationaux et les associations caritatives (qu'ils nous pardonnent de ne pouvoir les citer tous ici) seraient insuffisants.

– Dieu est notre principal bailleur de fonds! conclut Pedro en riant. On va s'en sortir! On va y arriver!

Rien à voir avec la méthode Coué. C'est de la foi, tout simplement. Une foi qui va de pair, comme souvent, avec une bonne humeur à toute épreuve. Tel est le réalisme de Pedro.

3

Chronique d'un sauvetage quotidien

HIER soir, le père Pedro est arrivé juste à temps pour l'heure du repas avec les prêtres lazaristes de la maison Saint-Vincent, où il habite et dont il est le supérieur. Devant la grille, une femme attendait, timide. Il a failli passer devant elle sans la voir. Marche arrière. La femme, plus toute jeune, serrait contre sa poitrine une loque en guise de châle, l'air égaré. Elle sortait de l'hôpital et se retrouvait à la rue. Comment dire aux pauvres : « Ne venez pas me déranger le soir, laissez-moi me reposer un peu? »... Il a fait demi-tour. Tant pis pour le dîner. Il a aidé la femme à monter dans la voiture et il est retourné à Manantenasoa. Là, une famille s'est serrée pour lui faire une place pour la nuit.

– Ce qui est éprouvant dans ce travail, c'est qu'on n'a jamais fini, avoue-t-il.

Et pourtant, ce matin, il a retrouvé tout son dynamisme. La bonne humeur en plus. Où puise-t-il autant d'énergie?

– Je remercie Dieu de m'avoir fait assez costaud pour pouvoir encaisser tous ces problèmes. Sans cette force physique, c'est vrai, j'aurais du mal à continuer. Mais si Dieu me l'a donnée, c'est bien pour que j'en fasse quelque chose. C'est comme une maman avec ses enfants : elle ne peut pas arrêter de s'en occuper sous prétexte qu'elle est fatiguée. Est-ce que Jésus s'est ménagé, lui? Il est allé jusqu'au bout. Il a dit : " Il suffit au disciple d'être comme le maître. " Voilà...

A huit heures du matin, Pedro a déjà deux heures de travail derrière lui à son bureau. Un bureau capharnaüm, en aggloméré peint en noir. Autour, un amoncellement de boîtes en carton de toutes sortes. Sur une étagère en fer, des journaux malgaches, des dossiers voisinent avec des outils, des boîtes de clous. Au mur, la couverture d'un magazine français avec ce gros titre : « L'Afrique en détresse ». Pour l'instant, Pedro examine avec Cressent, le responsable des chauffeurs, la rotation des camions pour la journée.

– Il lui arrive quand même de s'asseoir! plaisante Fulgence, le jeune comptable-secrétaire-coursier-hôte d'accueil, bref l'homme à tout faire, toujours d'humeur égale, au bureau de l'association.

C'est lui aussi qui reçoit les appels téléphoniques. Justement :

– Mon père! Quelqu'un de la Réunion à l'appareil. Il veut nous aider!

En septembre dernier, un groupe de chrétiens de l'île de la Réunion a invité le père Pedro à venir parler de son travail auprès des pauvres d'Antananarivo. Ils avaient décidé de créer une antenne réunionnaise de Akamasoa. Les interventions du père à la radio, à la télévision et dans les paroisses ont, paraît-il, fait « un tabac ».

Pedro prend le combiné, écoute avec intérêt la proposition, remercie avec chaleur et, toujours aussi cordial, précise :

– Écoutez, si vous voulez nous faire confiance en nous aidant directement, soyez le bienvenu. Sinon, aidez d'autres associations qui ont le temps d'établir des dossiers, il n'en manque pas.

Heureusement, l'interlocuteur – qui revendiquait sûrement un minimum de procédure administrative – a rapidement compris qu'ici on n'en a pas le temps. Il a promis son aide, quand même :

– D'accord, mon père, vous pouvez compter sur nous.

Pedro s'explique :

– Je préfère passer mes journées à travailler avec les gens des villages, à les responsabiliser, plutôt qu'user mon énergie à faire des dossiers pour décrocher des financements toujours plus ou moins problématiques, qui dépendront de gens qui, pour la plupart, n'ont jamais vu la misère de près.

Bien sûr, il est obligé d'en passer par là et d'ailleurs il ne se prive pas de tirer les sonnettes : le moyen de faire autrement? Mais s'il ne tenait qu'à lui... Rien ne l'énerve plus que ces lenteurs administratives.

– J'ai des gens à sauver. Pas demain, pas dans trois mois. Tout de suite. Alors, l'action d'abord, les paperasses après.

Il prend les clés de la voiture. On y va? Pas encore. Une urgence, tout d'abord : des... papiers à signer, précisément, apportés par Célestine. Madame Célestine, comme l'appelle Pedro qui vouvoie toutes les jeunes femmes travaillant avec lui dans l'association, et ne manque jamais de faire précéder leur prénom d'un Madame ou d'un Mademoiselle. Une marque de respect à laquelle il tient beaucoup : huit sur dix des volontaires d'Akamasoa sont des femmes.

Avec Raymond son mari, agent immobilier, Célestine est l'un des piliers de l'association. Professeur de mathématiques dans le collège d'un quartier pauvre de la ville, elle vient bénévolement deux jours par semaine seconder Fulgence au bureau. Vingt-neuf ans, jolie comme un cœur, la gentillesse et la discrétion en personne, Célestine, comme Raymond, témoigne d'une sorte de vénération pour « le père ».

Pedro a rencontré le jeune couple à l'occasion de leur mariage, à Tana. C'était l'époque, fin 1989, où il cherchait des jeunes Malgaches pour fonder l'association Akamasoa. Il avait déjà réuni autour de lui Jean-Boto et son frère Fulgence avec leurs épouses, Peta et Luce, plus Monique et Emmanuelline, Cressent, Damase, Lalao, Claudine et quelques autres étudiants. Il avait connu ceux-là, tout gamins, à Vangaindrano, dans le sud du pays, où il avait été curé de paroisse pendant quinze ans. Avec eux il avait monté des groupes de jeunes militants chrétiens. Il les avait retrouvés à Tana où ils poursuivaient leurs études, « avec des bourses qu'il nous avait obtenues », précisent-ils. Lui-même venait alors d'être nommé dans la capitale comme directeur du séminaire lazariste.

Ainsi, en janvier 1990, lors de la création de l'association, Raymond a été bombardé président. Depuis, il assume. Avec une fidélité souriante. Et efficace.

Le père Pedro est non seulement le seul religieux mais aussi le seul non-Malgache d'Akamasoa. Un choix délibéré de sa part. Il veut impliquer les jeunes Malgaches eux-mêmes dans la prise en compte des problèmes de leur peuple. Il souhaite qu'une fois formés ils soient capables d'assurer la relève, et que Akamasoa puisse se passer de lui. Ailleurs, d'autres pauvres, d'autres marginaux peuvent avoir besoin de ses services.

Pedro ne tarit pas d'éloges sur ces jeunes qui se sont engagés avec lui, bénévolement, afin de rendre aux pauvres leur dignité. De même que sur les trois religieuses malgaches, déléguées par les Filles de la Charité de Tana pour prêter main-forte au centre d'accueil. Et sur les autres, volontaires rétribués, qui assurent l'encadrement des villages. Une tâche pas facile pour ces institutrices et instituteurs, infirmières, assistantes sociales, médecins, chauffeurs, techniciens, gestionnaires, qui ne comptent ni leur temps, ni leur compétence, ni leur bonne volonté. Ils sont aujourd'hui soixante-dix à travailler auprès des sept mille cinq cents personnes accueillies par Akamasoa. Un encadrement que même des ministres envient au père Pedro :

– Comment faites-vous pour les rendre aussi efficaces? demandait l'autre jour le ministre de la Population, en visite sur l'un des chantiers de l'association.

Comment fait-il? Il montre l'exemple, voilà! Il est avec eux chaque jour sur le terrain, il met lui aussi la main à la pâte.

– Eux, Malgaches, ne peuvent tout de même pas faire moins qu'un *vahiny* (un étranger) comme moi! plaisante-t-il. Ils ont leur fierté!

En ces temps de chômage généralisé, les candidatures pour ce travail sont nombreuses. Comment repérer celles qui ne cherchent pas seulement un salaire mais aussi « l'entraide et l'amour des autres »? Pedro les reçoit, discute avec chacun au minimum trois fois avant de les engager.

– Je vois leurs motivations, s'ils sont capables de se dépasser dans ce travail. Car ce n'est pas un travail comme les autres. Il demande une écoute, une capacité de discussion et une autorité de tous les instants. En effet, le soutien fourni aux pauvres ne suffit pas à évacuer, du jour au lendemain, les comportements acquis dans la misère extrême.

Et ça fonctionne bien. Ils forment des équipes soudées, convaincues, dynamiques, réunies autour du père à la messe du dimanche, avec le « peuple de Dieu » en guenilles d'Akamasoa. Des équipes qui, avec les responsables de l'association, ont prouvé qu'elles étaient capables de prendre la relève. Éric Bertin, le coordinateur actuel de MSF à Tana, en témoigne :

– Pendant les quatre mois d'absence de Pedro, au début de l'année, l'action dans les villages a continué de tourner. Eh bien, chapeau, les gens d'Akamasoa!

– Mon père! Mon père!

Pedro n'a pas sitôt montré sa barbe entre les cabanes de Manantenasoa que les gens accourent, petits et grands. Celui qui l'a vu le premier, aujourd'hui, c'est Narcisse, petit bout d'homme noiraud de quatre ou cinq ans. Il court, il veut arriver avant les filles, et il cavale, il cavale. But de l'opération : parvenir à attraper la main du père, ou un doigt, enfin le toucher, se serrer contre lui, marcher à ses côtés. Évidemment, d'autres enfants se précipitent.

Et voilà Pedro qui descend la ruelle du village avec quatre petits accrochés à chaque main. Question d'habitude. Ici, beaucoup d'enfants ne connaissent pas leur père. La présence de cet homme à la silhouette robuste, chaleureux, attentif, est sans doute pour eux un bon substitut paternel.

Pour Pedro, le comportement des enfants à son égard est un baromètre personnel :

– Si les enfants viennent vers moi, c'est que je suis à l'unisson de la réalité, à la place où je dois être. Si un jour les enfants ne m'appellent plus, c'est que je serai devenu hors sujet.

Pour le moment, apparemment, pas de problème.

– Mon père! Mon père!

Ici, c'est la fontaine qui ne fonctionne plus. Là, un toit de paille tellement percé qu'il pleut dans la maison. Ailleurs, il faudrait un seau plus grand pour rapporter l'eau de la famille, neuf personnes.

Et là c'est une marmite qui a été volée. Une jeune femme qui doit bientôt accoucher demande, naïve, ce qu'elle doit faire. Une autre rappelle qu'elle souhaite rejoindre son village natal, près de Tuléar, dans le sud. Maintenant qu'elle a décidé de quitter la capitale et ses mauvais souvenirs, elle voudrait bien partir.

Depuis 1990, Akamasoa a déjà aidé près de trois cents familles à retourner dans leur région d'origine, leur fournissant le montant du voyage, une couverture, des vêtements, plus un petit pécule pour redémarrer, là-bas. La plupart se sont bien réintégrées. Une quinzaine seulement de familles rapatriées sont revenues en ville.

« Mon père! Mon père! » rime le plus souvent avec « problèmes, problèmes ». Pedro écoute, écoute encore, propose une solution ou fait la grosse voix si une bêtise a été commise. Parfois, il se fâche pour de bon. Tout rouge. Dans les cas si fréquents de violences conjugales, notamment. Cette femme, par exemple, qui arrive avec un œil au beurre noir. Hier soir son mari avait trop bu, il l'a battue.

– Toi, si tu recommences, tu vas te retrouver sans dents! menace Pedro, cherchant à prendre, comme il le dit en aparté, « l'air de l'homme le plus violent de la terre » en face du mari.

Certains soirs, à force d'élever la voix pour faire entendre raison ou régler des conflits, la fatigue est la plus forte. Un point de côté se met à le taquiner. Alors Pedro se contente d'avertir le récalcitrant :

– Aujourd'hui, j'ai mal à la poitrine, je ne peux pas crier fort. Mais tu vas voir ça demain!

Certains fanfaronnent : « Moi, j'ai pas peur du père! » Mais, dans tous les problèmes de bagarres, la carrure et la force physique du prêtre en imposent, même aux caïds. Son courage aussi.

– Il lui est arrivé, raconte Jean-Boto, l'un des responsables d'Akamasoa, d'avoir à affronter à mains nues un homme complètement ivre qui ne savait plus ce qu'il faisait et défiait tout le monde avec un couteau. Chez nous, la violence n'est pas du cinéma. Quand ils ont bu du *toaka,* une sorte de rhum blanc très fort, ils deviennent comme fous. Le père s'est approché peu à peu de l'homme, en l'appelant par son prénom, il lui a parlé calmement, avec une maîtrise remarquable dans une pareille tension. L'ivrogne a enfin reconnu la voix du père, il a fini par lâcher son couteau. On a tous fait " ouf ". Mais le père n'en est pas resté là. Une fois dessaoulé, l'homme a dû venir demander pardon aux membres du comité du village. Puis, entre quat'z-yeux, qu'est-ce qu'il lui a passé comme savon!

Cependant, par moments, trop c'est trop. Certaines violences sont inacceptables. Une fillette de douze ans a été violée par un voisin. Malgré les pleurs de sa femme, mère de deux petits, l'homme a été conduit chez les gendarmes par le comité des villageois. Un autre homme a mis le feu à sa maison au cours d'une bagarre avec son beau-frère. Il était ivre, et lorsqu'il a bu, il est très dangereux, « capable de tout » dit Pedro. Maintenant l'homme veut faire croire que c'est son beau-frère qui a brûlé la maison. Prétexte pour faire expulser du village ce parent gênant. Mais Pedro ne s'en laisse pas conter :

– Nous ne dégagerons pas un centime pour reconstruire cette maison. L'un de vous y a mis le feu au risque que l'incendie se propage aux maisons voisines, il est responsable. Le coupable sera puni.

En rentrant chez elle, l'autre soir, complètement saoule, une femme s'est mise à frapper ses enfants, terrorisés. Elle a tapé tellement fort qu'elle a cassé le bras du plus jeune. Pourtant, à jeun, c'est une brave femme, une bonne mère...

L'alcool, toujours l'alcool. Ici – avec la drogue, le *rongony,* sorte de chanvre très fort – c'est le principal ennemi de Pedro. Le Mal, qui sape tant d'efforts de réhabilitation. Difficile parfois, il l'avoue, de garder le moral et l'espérance en face de certains drames insoutenables, de certains règlements de comptes impitoyables.

– C'est pourquoi, dit-il, dans notre travail, on est obligé d'utiliser la force, le cri, par moments on n'a pas d'autre choix. Mais ensuite, il faut revenir à la compassion, à la tendresse. Mon souci est de conserver, malgré tout, la patience, le sourire, la douceur. J'essaie de comprendre, jusqu'à la dernière limite, l'homme violent, désespéré, fourbe. Comment redonner à cet homme-là le sens de la justice, le convaincre que nous sommes ici non pas pour sévir mais pour l'aider à retrouver sa dignité?

» Dans les villages, lorsqu'il faut régler un différend, des problèmes graves, je les réunis et je les engueule. Je parle fort pour bien marquer la gravité de leurs actes et remuer leur conscience, les mettre en face de leurs responsabilités. Mais je finis toujours sur un mot pour rire, une repartie qui va dérider ces visages accablés de fatigue. Le rire les introduit à nouveau dans un monde d'espoir. Je serre la main de chacun, des enfants aussi, bien sûr. Je les quitte sans illusion : ils se tiendront tranquilles pendant une semaine. Et il faudra recommencer... Dire que certains croient qu'il s'agit seulement, dans ce travail, de trouver de l'argent!

Traversée du hameau de Bemasoandro, au flanc de la colline de Manantenasoa. Une dizaine de cabanes en bois viennent d'y être édifiées par les hommes du village, afin d'y loger au plus vite les nouveaux arrivés. Un homme arrête la voiture de Pedro. Sa femme est malade. Il a l'air inquiet. Pedro le suit dans la cabane. Sur le lit, une femme aux yeux cernés grelotte de fièvre sous son unique couverture, recouverte d'un sac de ciment vide ouvert en deux. Ce papier, c'est tout ce que le mari a trouvé pour la réchauffer. Elle est trop malade pour descendre la colline et se rendre à pied au dispensaire. Pedro la rassure, il remonte en voiture et va chercher la doctoresse de permanence au dispensaire, la conduit jusqu'à la cabane en bois, attend qu'elle ait donné les soins d'urgence et la ramène au dispensaire. Il a consacré plus d'une heure de son temps à cette femme malade, avec une patience infinie. C'est seulement après qu'il va faire le tour des salles de classe.

A Madagascar, la rentrée scolaire s'est effectuée quelques jours plus tôt. Ici, pour l'ensemble des quatre hameaux de Manantenasoa, sept cent vingt enfants sont scolarisés. Il faut aller encourager les nouveaux élèves. Ils en ont besoin, et leurs institutrices également : les classes de Manantenasoa détiennent tous les records d'effectifs. En dixième, cent quarante-quatre garçons et filles sont regroupés dans la grande salle qui sert aussi de cantine pour l'ensemble des enfants, tous nourris gratuitement le midi. Ils doivent attendre la fin du repas pour reprendre les cours. Cent quarante-quatre gamins assis sur des nattes, avec une ardoise pour tout cahier. Mais on tire la langue en alignant des i, et l'on est fier d'aller à l'école comme tous les autres enfants. En douzième, le score le plus haut est atteint : cent quarante-sept inscrits. Cent treize en maternelle.

A la sortie, Pedro tempête :

– On manque de place! Or, voilà six mois qu'un organisme international nous a promis le financement de la construction de quatre classes supplémentaires. Ils viennent seulement de débloquer les crédits. Pourquoi attendre si longtemps? Nos enfants doivent étudier dans des conditions convenables. C'est leur avenir qui est en jeu, et celui du pays.

Autre record, digne du *Guiness* : la crèche. Le bâtiment est assez grand, mais pas assez pour les quatre cent trente tout-petits qui s'y entassent. Ils ont tout juste la place de s'asseoir sur leur derrière, nu pour la plupart. Aucun jouet. Des mouches sur les menottes et les visages, au bord des nez morveux et des yeux larmoyants. Les mamans, embauchées comme nurses, chassent les insectes avec des gestes lents, résignés. Elles bercent, tour à tour, ceux qui pleurent. Mais curieusement, les enfants sont peu nombreux à pleurer. Ils ont eu à manger, au moins ça. Ils jouent avec un caillou, une capsule de bouteille ramassée on ne sait où, comme avec une merveille. Dans la salle du fond, une douzaine de bébés vagissent, indolents. Leur état nécessite des soins particuliers de récupération nutritionnelle. Leurs mamans s'en occupent, sous la responsabilité d'une puéricultrice et d'un pédiatre de MSF. Le plus souvent, ces mamans viennent d'arriver de la rue et les enfants sont encore mal en point. Certains d'entre eux étaient même atteints de marasme ou de kwachiorchor, ces maladies typiques de la famine.

La journée s'achève. Les mamans commencent à venir chercher les petits. La crèche sert à cela : garder les enfants pendant que les mères travaillent, à la carrière ou dans les ateliers de broderie ou de fabrication de tresses en raphia. Pour les jouets, le matériel éducatif, tout ce que l'on considère, dans les pays riches, comme indispensable à l'éveil du tout-petit, on verra plus tard.

– ... Quand ceux qui veulent nous aider concrétiseront leurs promesses! lance Pedro.

Le chemin grimpe vers la carrière.

Un coup de sifflet oblige à presser le pas. Il prévient d'une prochaine explosion de dynamite dans la paroi graniteuse. Fracas des roches, puis la poussière retombe, le travail reprend. Une vraie fourmilière. Deux cent cinquante personnes, dispersées dans la vaste carrière, cassent des pierres ou les transportent jusqu'au camion qui attend son chargement destiné aux clients de l'association (l'équipement indispensable au fonctionnement des carrières est financé par l'UNICEF et par une association italienne, Regio Terzo Mondo).

Les deux tiers environ sont des femmes. Assises par terre, elles tapent sur les pierres à coups de marteau, jusqu'à ce que les gravillons aient atteint la taille souhaitée. Beaucoup ont emmené leur bébé encore nourri au sein. Elles les allaitent sans arrêter leur travail. D'autres jeunes femmes font le va-et-vient entre les tas de gravillons et le camion, portant les pierres dans un panier, sur la tête. Quelques-unes maintiennent le panier en équilibre d'une main. Sur l'autre bras, elles portent leur enfant.

Les hommes, eux, confectionnent les moellons. Maniant de lourdes massues, ils fendent la roche avec des gestes sûrs. De temps en temps, l'un d'eux éponge la sueur de son front. Mais ils n'ont pas de temps à perdre. Ils sont payés selon leur production de moellons. Hier, par exemple, Bernard en a fait deux cents dans la journée. La moyenne est de cinq cents moellons par semaine et par homme. Bernard a trente-six ans, un visage aux traits accusés, le corps musclé par l'effort.

– C'est un travail très dur, reconnaît-il, mais je le fais avec joie, parce que je gagne ma vie maintenant, je suis comme tout le monde.

Puis il explique qu'« avant », il avait été aide-mécanicien. Débauché, il s'était retrouvé dans la rue. Il y était depuis trois ans lorsqu'il avait rencontré « le père ». De quoi vivait-il? Il hausse les épaules. Les ordures...

Près de lui travaille Célestin, treize ans, une mine déjà bourrue. Au lieu d'aller à l'école, le garçon a préféré rejoindre son frère Ruffin, seize ans, à la carrière : ils sont les aînés et doivent aider leur mère à élever ses sept enfants. C'est dur, tout de même, pour un garçon comme lui?... Regard de travers :

– C'est dur, mais au moins on n'est plus dans la rue, à mendier ou à voler.

Aujourd'hui, les casseurs de pierre sont performants. Mais, au début, ils ont eu du mal à s'y mettre. Pedro s'en souvient :

– J'avais cherché pour eux un autre moyen de ressources que celui des ordures, qui les obligeait à faire tant de kilomètres, la nuit. Ils revenaient épuisés, avec si peu de choses. Alors j'ai proposé d'exploiter une carrière, proche de Manantenasoa. Personne ne voulait travailler là. Il a fallu leur parler, encore et encore. Les convaincre. Puis on a eu notre première commande. Il a bien fallu commencer. Ils s'y prenaient tellement mal que l'on a dû casser les mille m³ de gravillons, deux fois. Ils apprenaient à travailler, c'était la formation!

» Il leur a fallu aussi apprendre l'honnêteté sur le lieu de travail. Ils nous en ont donné, du fil à retordre! Certains faisaient enregistrer le nombre des moellons fabriqués dans la journée. Puis, la nuit, ils allaient les rechercher. Et les écoulaient les jours suivants. Max, le responsable, a fini par voir clair dans leur manège. Alors j'ai crié : " Vous voulez couler notre entreprise? Retourner fouiller les ordures? "

Les coupables ont demandé pardon et on a passé

l'éponge. Mais en instituant tout de même les comités de carrière : ainsi, les casseurs de pierre prennent eux-mêmes en charge la bonne marche de « l'entreprise » et le respect des normes pour les moellons et les gravillons.

Maria, quarante-cinq ans, est l'un des dix membres de ce comité, élu chaque année. « C'est pénible, confie-t-elle d'une voix posée, mais on a eu le courage de continuer, on a appris la dignité humaine. Une nouvelle vie a commencé pour nous et pour nos enfants. » Des enfants, il lui en reste six sur les douze qu'elle a mis au monde. Trois d'entre eux sont morts quand Maria a été obligée de vivre dans la rue, avant de venir ici.

Près d'elle passe Jean-Baptiste, trente-cinq ans, ancien malade lépreux. Il revient de la carrière en s'appuyant sur sa béquille. L'horrible maladie a rongé les doigts de ses mains. Il travaille quand même, en tenant le marteau entre ses deux paumes pour casser les gravillons. Lui aussi gagne sa vie.

– Mon père! Mon père! Venez, venez vite!

Nouvel appel. Cette fois, c'est Meva, la jeune assistante sociale, responsable du plus gros village, Mangarivotra, deux cent quatre familles. Elle amène à Pedro une femme en pleurs. Un bébé dans le dos, un autre enfant sur le bras. Près d'elle, se serrent trois fillettes, d'une dizaine d'années. En pleurs elles aussi. Que se passe-t-il? Difficile de les comprendre, entre hoquets et lamentations, mais on parvient tout de même à démêler l'histoire : il s'agit de Prisca, là, celle des trois fillettes qui porte des petites nattes. La mère explique qu'elle l'a trouvée, sur le marché, la semaine dernière. Prisca, douze ans, est orpheline. Elle vivait seule, dans la rue, depuis la mort de sa maman. Oui, depuis trois ans. Comment cette gamine avait-elle pu survivre, seule, dans la jungle de cette ville? La mère, déjà chargée de quatre enfants, et malgré ses minces ressources de femme de ménage, avait pourtant recueilli la petite, sur l'insistance de ses deux filles qui, tout de suite, avaient fait de l'orpheline leur copine. Mais voilà : le propriétaire du logement où habite cette famille refuse l'hébergement d'une personne de plus, une gamine de la rue de surcroît. Sait-on à qui on a affaire? Le cœur déchiré, il va bien falloir se séparer de Prisca. Farouche, celle-ci refuse d'aller dans un orphelinat, sinon elle s'en évadera, retournera dans la rue. Alors la maman l'a amenée ici, chez « le père ». Et tout le monde pleure.

Pedro accueille ce lourd chagrin, le partage, avec des gestes de profonde compassion, touché par le grand cœur de cette femme pauvre et de ses deux fillettes. Il promet :

– On va garder Prisca, le temps de trouver une solution... Elle logera avec une femme qui est seule pour le moment. En attendant, on va essayer de vous trouver un autre logement où vous pourrez habiter avec l'orpheline. Si vous êtes toujours d'accord?

Sourires tremblants à travers les larmes. Prisca, petit visage crispé sur sa souffrance, se laisse conduire comme un automate.

C'est un jour ordinaire, à Manantenasoa.

4

Les collines du courage

DÉMARRAGE en trombe, slalom entre les nids-de-poule de la route poussiéreuse, Pedro est pressé. Et ce vieux 4 × 4 qui se traîne dans les côtes !

Direction : Mahatsara, un cinquième hameau en cours d'installation, à la périphérie du centre de Manantenasoa qui en compte déjà quatre. Il en est seulement un peu plus éloigné que les autres, environ trois kilomètres. Une équipe d'hommes est en train d'y construire un magasin en dur. Il abritera le matériel de l'association, les fournitures et surtout les précieux sacs de riz, l'aliment de base ici, que le Programme alimentaire mondial octroie pour la rétribution des travaux collectifs, la cantine des enfants à midi et les cas d'urgence.

La construction de ce magasin est un chantier important pour l'association. Aujourd'hui, justement, il y a un problème de mur. Et quand il y a un problème de mur à élever, Pedro en fait une affaire personnelle.

– Mon père était maçon, là-bas, en Argentine. Dès l'âge de huit ans, il m'emmenait sur les chantiers, pendant les vacances scolaires. Moi, j'avais plutôt envie d'aller jouer avec les copains. Et puis, c'était très dur. J'en pleurais, parfois. J'ai appris le métier sans même m'en rendre compte. A treize ans, j'étais capable de monter un mur tout seul. Ça m'a bien servi, plus tard, dans mon travail à Madagascar.

Aujourd'hui, Pedro garde en permanence dans sa voiture le matériel de tout maçon qui se respecte : une truelle, un fil à plomb, un mètre. On ne sait jamais...

– J'aime bien faire le maçon avec les gens. Quand on fait un mur ensemble, on parle, on se sent très proches. C'est là qu'ils racontent leur vie, qu'ils sortent toute leur vérité. J'aime bien aussi faire les briques avec les familles, les mains dans la boue, au coude au coude.

Réhabiliter les pauvres, c'est aussi mouiller sa chemise, mettre la main à la pâte. Pour ces gens, Pedro n'est pas seulement l'homme qui prêche, il est au travail, avec eux.

Mahatsara. Pour l'instant, c'est une enfilade de onze cabanes en bois. Deux mètres cinquante sur trois pour chaque famille, souvent cinq à six personnes. Équipement rudimentaire habituel : un matelas, une seule couverture, une marmite, quelques assiettes et cuillers en plastique, une bassine, une boîte en carton pour y plier les rares vêtements de rechange. Un morceau de bois maintenu par des ficelles en guise d'étagère... Quelques feuilles de papier journal au mur, pour faire décoration, ou pour colmater les planches mal jointes par où s'introduit le vent des hauts plateaux. Chaleur torride lorsque le soleil est à son zénith. Froid, pluie, dès la nuit tombée et à la mauvaise saison. Devant chaque porte : un brasero aux cendres encore fumantes.

Ces onze familles ont eu le courage de quitter l'univers plutôt bien organisé de Manantenasoa pour venir s'installer sur cette colline, dans cet endroit assez isolé. Lorsque la construction du magasin sera terminée, chacune pourra s'occuper de la construction de sa maison, en confectionnant lui-même les briques. Le terrain est déjà délimité. Au soleil couchant, assis devant les cabanes en bois, tous rêvent de leur future « vraie maison ».

Puis d'autres familles arriveront et – grâce au financement de l'ambassade de Suisse et du consulat du Canada – Mahatsara deviendra à son tour un hameau comme ceux de Manantenasoa. On prévoit que soixante-dix ménages pourront s'installer ici. Des candidats à une vie plus calme qu'elle ne l'est à Manantenasoa se sont déjà inscrits. Mais priorité sera donnée aux candidats de la première heure.

– Au début, les gens voulaient tous venir ici, raconte Pedro. A Manantenasoa, c'est vrai, il y a beaucoup de passage, beaucoup de bruit, les maisons sont un peu trop rapprochées, faute de place. Mais comment choisir ceux qui pourront le mieux s'adapter? Alors, je leur ai proposé d'aller voir. Un après-midi, je les ai tous emmenés. On était des centaines, hommes, femmes, enfants, à marcher à travers la colline. Et on est arrivés en vue d'un terrain à déboiser, où tout était à faire. L'emballement s'est calmé. Seuls les plus résolus ont maintenu leur demande.

Ils sont là depuis trois mois. Quarante-huit personnes, dont trente enfants. Six sont nés après l'arrivée du groupe ici. Quatorze vont à l'école du village voisin. Il a fallu les habiller un peu plus convenablement « pour qu'ils soient aussi bien vêtus que les autres ».

Avant l'installation ici, aucune de ces familles ne connaissait les autres.

– On s'est réunis avec le père, on a mis au point un règlement pour la vie commune, on a désigné parmi nous ceux qui nous représenteraient au comité du village, et tout va bien, on est contents, explique une femme au joli sourire sous son bonnet de laine effilochée. C'est le comité qui a élu notre responsable, Justin.

Justin, un grand gaillard de vingt-sept ans, père de quatre enfants, prend son rôle au sérieux. C'est lui qui détient la clé du container où sont entreposés, pour l'instant, les vivres et le matériel. C'est lui aussi qui organise la nuit les tours de garde du comité de vigilance : l'isolement du campement favorise les convoitises des pillards.

Le plus âgé des hommes a trente-neuf ans, mais déjà le visage usé d'un vieillard. Qu'importe, ici, le courage et la force ne lui manquent pas. Il gâche le ciment, transporte les moellons. Comme ses autres compagnons.

Justement, Pedro est venu vérifier l'avancée des travaux. Et il rouspète, « le père ». Les piliers de soutien ont été disposés en dépit du bon sens. Mètre en main, il leur explique qu'ils doivent respecter une égale distance entre chacun. Et ce mur, là, il va de travers, non? Autour de lui, les hommes se lancent des regards embarrassés. Pedro les prend à témoin :

– Nous devons faire du bon travail, être fiers de notre magasin! Allez, on s'y remet et ce sera magnifique!

Une plaisanterie pour détendre l'atmosphère. Rire général. Justin s'avance, il demande l'autorisation de construire un poulailler pour la petite communauté :

– La nuit, les poulets dorment avec nous dans la cabane, à cause des bêtes qui rôdent, à cause des voleurs. Alors, on ne peut en avoir trop... Un poulailler, ça arrangerait tout le monde.

– Quand on aura fini la construction du magasin, promet Pedro en tirant déjà sur le démarreur de la voiture.

Un salut cordial de la main. Il les regarde en souriant :

– Quel temps il faut passer avec eux, à leur parler! A leur faire comprendre la responsabilité qu'ils portent. A leur expliquer que si le travail n'est pas bien fait, que s'ils se comportent mal, on ne nous fera plus confiance, on ne nous donnera plus d'argent. Et que ce sont leurs enfants qui en subiront les conséquences.

Retour à Manantenasoa. Cette semaine, deux nouvelles familles sans-abri sont arrivées. Et ce n'est pas fini. Devant le bureau d'accueil, un petit garçon assis par terre pleure à chaudes larmes. Ses orteils sont infestés de vers. Sur les plaies, les mouches s'agglutinent. Beaucoup de ceux qui arrivent ont les doigts de pied dans le même état, à force de piétiner dans les détritus de la ville.

Sa mère est là, dans le bureau, une pièce aux murs en terre, à l'équipement sommaire. En face de l'assistante sociale de l'association, elle s'est assise sur le bout du banc, l'air perdu, ne sachant que dire. Les traits marqués de son visage anguleux lui font paraître au moins dix années de plus que son âge, trente et un ans. Elle porte un joli prénom : Isabelle. Dans les contes de fées, les princesses s'appellent souvent Isabelle... Cette princesse-là est vêtue d'une jupe déchirée, d'un tee-shirt sale et troué. Elle serre contre elle deux autres petits en haillons. Depuis combien de temps est-elle dans la rue? D'une voix basse et rauque, Isabelle raconte son histoire. Une histoire que les murs de cette pièce ont entendue des centaines de fois, une histoire de la misère ordinaire, ici, dans la capitale malgache. Un conflit avec le mari qui en a profité pour la planter là. Débrouille-toi. C'était il y a trois ou quatre mois, Isabelle ne sait plus très bien.

Au début, elle trouve du travail au marché, à transporter les légumes, mais elle gagne trop peu pour payer un loyer. Seule solution : la rue, les arcades en face du marché pour s'abriter. La semaine dernière, elle a perdu son travail. Elle a tendu la main à la porte de toutes les œuvres charitables. Un morceau de pain par-ci, un verre de lait par-là, un peu de riz, parfois. Elle en a été réduite à fouiller dans les déchets du marché. Ses enfants ont faim. La nuit, ils ont froid. Elle n'en peut plus...

Isabelle lutte bravement contre les larmes. Elle assure qu'elle peut travailler, que, si on la garde ici, on n'aura pas à se plaindre d'elle, qu'elle est courageuse, honnête... Quels mots ajouter encore pour être acceptée? Elle regarde les uns et les autres avec des yeux implorants.

L'assistante sociale la rassure, lui remet un petit papier : elle va aller passer une visite médicale au dispensaire où l'on soignera les pieds de son fils. Puis elle recevra un matelas pour lequel elle devra trouver une place dans le hangar destiné aux nouveaux arrivés. Demain, ses deux petits iront à la crèche, le plus grand à la maternelle. Elle, si le médecin la juge apte, elle pourra travailler à la carrière, au transport des gravillons, pour commencer. En attendant qu'une cabane en bois soit disponible, elle sera nourrie par la cantine collective.

Avant de sortir, Isabelle se retourne, s'essayant à sourire. Un signe d'encouragement, un mot gentil. Aux suivants.

Jean et Fanja, trente-cinq et vingt-trois ans, avec leurs trois gamins. Le couple est assez proprement habillé. Rien à voir avec les vêtements en lambeaux de la « clientèle » habituelle. Pour un peu, on se demanderait ce qu'ils viennent faire ici. « C'est pour les enfants », assure Jean avec un sourire triste. Ils vivent dehors depuis quinze jours et Jean voit la déchéance arriver à grands pas. « Dans la rue, on perd toute dignité. Et on se fait voler tout ce qu'on a... » Jean a été chassé de son logement. Une histoire d'héritage. Sa famille voulait récupérer les deux pièces afin de pouvoir vendre la maison des parents. Jean avait un travail, mécanicien, mais, quand son patron a découvert qu'il vivait désormais dans la rue, il s'est méfié de lui et l'a renvoyé. Sans travail, que devenir? A Tana, il n'existe aucun centre d'accueil pour des familles en difficulté. Il y a longtemps que Jean et Fanja ont dépensé leurs dernières pièces... Ils n'ont plus rien, seulement ce qu'ils portent sur le dos.

Un moment plus tard, Jean entre à son tour dans le hangar des nouveaux arrivés, son matelas de toile plastifiée bleu et blanc sous le bras. Fanja et les trois petits attendent dehors. Jean hésite devant le nombre. Où poser le matelas? Toutes les places près des murs sont déjà occupées. Une douzaine de familles s'entassent dans la grande pièce où les mouches pullulent à cette heure de grand soleil. On se croirait dans un camp de réfugiés.

– C'est vrai, s'écrie Pedro, ces gens sont des réfugiés, des réfugiés de la misère. Ils sont victimes d'une guerre qui fait rage dans les rues de Tana, une guerre contre les déshérités. Elle les tue, les oblige à fuir. Car, avec une telle misère, ils n'ont plus d'autre choix que la fuite ou la mort. Et c'est inadmissible. Les hommes politiques doivent se rendre compte qu'il y a urgence. Extrême urgence.

Après avoir hésité, Jean installe sa paillasse au milieu de la pièce et sourit à sa femme. Ça va aller.

Oui, ici, il n'y a qu'un matelas par famille. On s'y serre à quatre, six ou huit, sous une unique couverture.

– On n'a pas les moyens de faire davantage, on est débordés par le nombre, regrette Pedro. De toutes façons, au début, nous prenons quelques précautions : il arrive que des familles s'en aillent avec la couverture, pour la revendre! Oui, c'est vrai, ils réagissent parfois sans se préoccuper des conséquences, sans penser au lendemain. A force de vivre dans la misère, ils ont perdu l'habitude de réfléchir.

» Quand ils reviennent, nous les reprenons, dans la plupart des cas, les pauvres! Il faut pardonner, pardonner encore et encore. Et surtout avoir de la patience! Quand on a vécu dans une telle misère, ce n'est pas en un jour, ni même en un mois ou en un an qu'on peut se reconstruire à l'intérieur... En attendant, nous ne pouvons faire qu'une chose : les aimer, tels qu'ils sont.

Pedro vient souvent ici, dans le hangar où sont hébergés provisoirement les nouveaux arrivés. Il s'assoit sur un matelas, les enfants courent se blottir contre lui. Et il parle. Il demande comment ça va. Il plaisante un peu. On rit. Il reconnaît que la vie dans cette salle commune n'est pas facile, avec tout ce monde, cette promiscuité. Encore un peu de patience : des hommes du village sont en train de construire de nouvelles cabanes en bois. Pedro les exhorte au courage, à la confiance en Dieu. Les femmes, les hommes, les vieux, les enfants, tous ont les yeux rivés sur ce *vahiny*, ce prêtre blanc à la drôle de barbe, venu de si loin pour les aider et qui parle leur langue... Quand il s'interrompt, tous acquiescent en hochant la tête.

Avant de les quitter, il s'attarde auprès des familles accueillies aujourd'hui. S'inquiète de savoir si tous ont eu à manger, le médicament dont ils ont besoin. Une attention particulière pour chacun. En sortant, il va consulter le registre des nouvelles inscriptions et remarque :

– Nous avons commencé avec les 4 Mi, des gens confrontés à l'extrême misère matérielle et morale. Il fallait aller les chercher, les convaincre qu'ils pouvaient vivre autrement. Mais très vite, les familles de la rue sont venues d'elles-mêmes. A bout de ressources. Et maintenant, ceux qui arrivent ne sont plus vraiment des 4 Mi. Ce sont des pauvres, tout simplement, des pauvres qui n'ont plus rien pour vivre, des gens culbutés dans le dénuement par un drame familial, une succession de malheurs, la fatalité économique. Si on ne les aide pas maintenant, si leurs enfants ne sont pas scolarisés, le temps que le pays se restructure et sorte du chaos, ils termineront dans la délinquance, comment survivre autrement? Et les braves gens se lamenteront encore plus à propos de l'insécurité.

» La grande majorité des nouveaux arrivants, depuis plusieurs mois, sont des femmes seules avec des enfants, sans mari. Les hommes fuient leurs responsabilités de père et laissent la mère se débrouiller seule.

» La misère a gangrené les traditions les plus

enracinées dans la culture malgache, comme la *fihavanana,* ce qu'on pourrait traduire par « esprit de famille » ou « solidarité familiale ». Par exemple, ce jeune couple chassé de sa maison pour une histoire d'héritage. Jamais, il y a vingt ans, quand je suis arrivé à Madagascar, on n'aurait pu imaginer une chose pareille. La famille, c'était sacré. Le sens de l'appartenance à un groupe, familial, tribal ou ethnique, était très fort. Je ne pouvais pas donner quelque chose à quelqu'un sans qu'il le partage aussitôt avec les autres. Même un bonbon donné à un enfant passait de bouche en bouche! Aujourd'hui, avec les difficultés de la vie, avec la corruption calquée sur le modèle si pernicieux des possédants malhonnêtes, les obligations familiales sont rejetées. Chacun cherche d'abord son profit. Quel gâchis!

Le soir tombe. Une grosse lune orange se lève au-dessus des collines de Manantenasoa. Devant les maisons, les braseros s'allument pour cuire le riz du soir. Dans la pénombre, des femmes, assises par terre, marteau en main, profitent de la dernière clarté pour casser encore des pierres qui grossiront leur production en gravillons de la journée.

Sur le terre-plein, devant l'école, deux gamins poussent du pied une boule de sacs plastique enroulés dans une ficelle. A défaut d'un vrai ballon... Sur le seuil de sa porte, une femme assemble des chiffons dépareillés pour rafistoler une vieille chemise...

Là-bas, une petite fille descend le raidillon en chantonnant....

5

Pour l'amour d'un peuple

EN avril 1989, Pedro Pablo Opeka, quarante ans, prêtre missionnaire lazariste, né à Buenos Aires, en Argentine, de parents immigrés d'origine slovène, arrive à Tananarive. Auparavant, il était curé d'une paroisse de la côte sud-est de l'île, Vangaindrano. Entre lui et Madagascar, c'est déjà une longue histoire d'amour, de passion. Près de vingt ans! Et c'est dans cette longue histoire que s'enracine l'aventure humanitaire d'aujourd'hui.

Pedro a posé le pied dans la grande île de l'océan Indien, pour la première fois en octobre 1970. A vingt-deux ans, il vient d'achever ses études de philosophie en Slovénie. Déjà, il se destine à devenir prêtre au service des plus pauvres, ceux des pays du tiers monde, comme missionnaire. Mais avant d'entreprendre sa théologie, il souhaite faire une pause. L'idée de retourner étudier en Slovénie ne le tente pas vraiment. Dans ce pays, alors sous le régime du maréchal Tito, les communistes interdisent aux séminaristes de parler aux autres jeunes, de faire du sport, encore plus du foot – un comble pour ce jeune Argentin! Pedro a appris qu'à Madagascar, une mission s'installe dans le sud de l'île. Région chère au cœur des lazaristes : c'est dans le sud de Madagascar que le fondateur de leur congrégation, saint Vincent de Paul, a envoyé ses premiers missionnaires, dès 1648, faisant preuve d'une audace qui étonne encore aujourd'hui.

La mission de Vangaindrano, sur la côte est, doit construire des bâtiments. Pedro saute sur l'occasion : un maçon comme lui doit pouvoir rendre des services à cette communauté. Il demande à partir là-bas pour travailler de ses mains pendant deux ans. La congrégation donne son accord, paie les frais du voyage...

– ... Et je me suis retrouvé dans une autre civilisation. Un pays plus loin et plus pauvre, ce n'était pas possible! Quel choc! Au début, la perspective de passer deux années à Vangaindrano me flanquait une nostalgie énorme. Tout était si différent. J'étais jeune, je ne prenais aucune précaution pour ma santé, je mangeais et buvais avec les gens puisque je partageais leur vie. Résultat : j'étais souvent malade et ce n'était pas mon habitude. Période très pénible : si loin de chez moi, je me demandais même, parfois, si j'allais en revenir vivant!

» Peu à peu, je me suis habitué. Car je trouvais là une expérience de vie formidable, au milieu de tous ces gens, devenus mes frères. On travaillait dur ensemble, pour aller ramasser les pierres, pour faire la maçonnerie. Mais on riait, on chantait. Vangaindrano est situé à douze kilomètres des tropiques, il y fait très chaud, il pleut tous les après-midi. Je me souviens, je roulais à mobylette en chantant sous la pluie. C'était une sorte de vie sauvage. J'en garde le souvenir de sensations très fortes. Ces étranges cérémonies malgaches qui entourent la mort, par exemple, avec ces coutumes, ces rites qui l'intègrent à la vie. C'est là-bas que j'ai perdu la peur de la mort.

» Après le travail, le soir, j'allais jouer au foot avec les enfants, dans la cour de la mission. Avec eux, j'ai commencé à apprendre le malgache. Les jeunes footballeurs de la ville m'ont repéré et sont venus me demander de faire partie de leur équipe. Voyant que je me défendais pas trop mal avec le ballon, ils m'ont mis dans la première équipe, comme titulaire au poste d'avant-centre. On s'entraînait de midi à quatorze heures, le soleil tapait tellement fort que, parfois, je ne savais plus de quel côté étaient mes buts!

» Pour les footballeurs, ma présence était un véritable événement : un " frère " – pour eux, un homme de Dieu – qui jouait au foot! Un Blanc auquel on donnait des coups de pied et qui ne vous en tenait pas rigueur, au contraire, qui en faisait autant! On était d'égal à égal. On allait disputer des matches dans les villes voisines, jusqu'à Farafangana, la préfecture! Et on gagnait presque toujours. En un an, on a remporté vingt-huit victoires d'affilée! Lors des déplacements, je refusais de monter dans la cabine du camion, je préférais être au milieu d'eux, à l'arrière. Quand on rentrait vainqueurs à Vangaindrano, on faisait le tour de la ville dans le camion, on chantait, on criait notre joie et tous les gens étaient à l'unisson de la fête!

Quatre ans plus tard, après ses études de théologie et son ordination à Buenos Aires, Pedro revient à Vangaindrano, comme curé de la paroisse. Là, pendant treize ans, il va poursuivre sa découverte de ce peuple si attachant... Il décèle, dans « l'âme malgache », des similitudes avec l'âme argentine, où l'expression des sentiments prend une si grande place.

– C'est un peuple de cœur, dit-il, on ne peut vraiment le comprendre qu'avec le cœur. Ici, il n'est pas forcément nécessaire d'expliquer, on " sent ", on a l'intuition des choses, des réactions de l'autre, de ce qu'il ne dit pas.

Entre Pedro et les Malgaches, « le courant passe ».

Fort des innovations de Vatican II, des expériences des communautés de base soutenues par don Helder Camara en Amérique latine, le nouveau curé fonce, bousculant quelque peu le ronron paroissial. Il institue des comités « où l'on partage la parole et les décisions ». Il met sur pied une pastorale des jeunes qui révolutionne les vieilles habitudes. Lui qui a été élevé avec six sœurs, il se trouve naturellement à l'aise dans le monde féminin. Dans sa paroisse, il donne aux filles une place, des responsabilités. Du jamais vu!

– Quand je suis arrivé là-bas, quatre-vingts pour cent des adolescentes étaient enceintes avant seize ou dix-sept ans. Elles étaient seulement considérées comme bonnes à faire des enfants. Dans nos groupes, les garçons ont appris à les respecter, elles ont pris conscience de leur dignité. Résultat, dix ans plus tard, le nombre des filles enceintes hors mariage était tombé à deux sur dix.

Les réunions sont mixtes, des filles animent les messes, les jeunes introduisent la guitare et le tam-tam à l'église, lycéens et étudiants se « salissent les mains » – ce qui ne se faisait pas jusque-là – pour entreprendre des travaux d'utilité publique : déblayer les détritus du marché, combler les trous des routes, consolider un pont, reboiser, cultiver même.

Quels souvenirs, pour Jean-Boto et Monique, des anciens de Vangaindrano, aujourd'hui responsables à Akamasoa !

– C'était l'époque où l'idéologie marxiste du régime voulait imposer l'athéisme dans le pays. Beaucoup de jeunes chrétiens étaient déroutés par cette propagande. Le père nous a aidés à réagir. On s'est serré les coudes autour de lui. Il a dynamisé notre foi. On allait à la messe tous les matins. On se lançait dans l'action pour l'amélioration de la vie dans nos quartiers et nos villages. Il fallait aussi occuper les loisirs des gens afin d'éviter les abus d'alcool, de tabac, le jeu : tous les dimanches, avec le père, on organisait des activités culturelles, liturgiques ou sportives. Les matches de foot attiraient un monde fou.

Car Pedro a recommencé le foot : ses anciens coéquipiers n'ont pas eu besoin d'insister longtemps pour le décider. Le dimanche, après la messe, il sautait dans un taxi-brousse pour rejoindre son équipe sur le terrain des rencontres.

– Il avait un fameux coup de tête! se souvient Fulgence. A tel point que, lors des matches, les équipes adverses nous suppliaient : ah non, ne faites pas jouer le père, on va encore perdre!

A Vangaindrano, Pedro recommence aussi la maçonnerie. Il propose aux paroissiens la construction d'une salle de réunions qu'il destine spécialement aux jeunes. Tout le monde s'y met.

Lancé à fond dans l'action, Pedro n'en oublie pas pour autant son objectif premier, le but essentiel de cette dépense d'énergie : l'annonce de l'Évangile aux pauvres, auxquels il a consacré sa vie. C'est pourquoi il réagit tout de suite lorsque les paroissiens demandent qu'on édifie une nouvelle église : l'ancienne, trop petite, trop vétuste, est de plus envahie par les chauves-souris. Depuis, on vient de loin pour voir cette originale « maison de Dieu ».

Le secteur de Vangaindrano est le plus déshérité de cette région sud de l'île. A part la culture, il n'existe aucune possibilité de travail. Après leurs études, la majorité des jeunes sont obligés d'émigrer vers les ports de Tamatave, Majunga, Diego Suarès, pour trouver de l'embauche.

– Dans le Sud, la plupart des gens vivent dans des conditions lamentables, ils n'ont qu'une pièce où ils dorment à huit ou dix. Les maisons sont les unes sur les autres. Pas d'intimité possible dans une promiscuité pareille. Ils ont tellement brûlé les sols et les arbres que la forêt est loin maintenant : ils n'ont plus de bois pour construire d'autres maisons ou réparer les plus croulantes. Ils sont tellement démunis que, pour eux, manger une fois par jour est presque un luxe. L'eau est contaminée : quatre-vingt-quinze pour cent des gens de la côte Est sont infestés par les vers intestinaux et ils n'ont pas assez de force pour travailler la terre.

Et puis, certaines coutumes freinent le progrès : celles qui entourent les enterrements obligent à beaucoup de dépenses, beaucoup de temps. Et, comme il y a souvent des morts, sans compter les fêtes des disparus « hazolahy », ils finissent par y passer plus de temps qu'au travail. Sinon, ils craignent de déplaire aux esprits et d'en être punis. Comment leur faire admettre qu'un tel investissement peut être réduit sans rien enlever au culte sacré des morts?

– A Madagascar, l'irrationnel fait partie de la vie, explique Pedro. Un esprit logique s'y perd. Il faudrait avoir grandi dans ce pays pour bien saisir le sens des rites et des traditions. Les Malgaches eux-mêmes l'ignorent, parfois. Ils sont très proches de la nature : presque tous, sauf chez les citadins – et encore! –, marchent pieds nus, ils ont toujours un contact direct avec la terre. Leurs maisons sont construites en bois, en lianes, en terre. Leur sexualité aussi est, comme ils disent, « naturelle », très libre, et n'a rien à voir avec la morale, même pour les chrétiens. C'est une autre façon de vivre.

» Moi, je n'étais pas là pour intervenir dans des mœurs ancestrales, mais pour témoigner du message d'amour du prochain, de Jésus. Et l'amour du prochain, c'était partager ses problèmes, lui donner un coup de main pour les résoudre, alléger ses souffrances. Comment prêcher la parole de Dieu à des gens écrasés par tant de difficultés?

Comment? « Épouser la misère du peuple », comme l'ont conclu les prêtres et religieuses malgaches, au cours du synode qui les a réunis en 1977. Un programme que Pedro applaudit des deux mains. Il organise avec ses paroissiens une coopérative de stockage de riz, pour stabiliser les prix durant les mois de soudure. Ensemble, ils construisent des écoles, des dispensaires dans les villages de brousse. Les plus convaincus parmi les jeunes se mettent à cultiver du riz, du manioc. Mais peu de villageois les suivent.

Alors Pedro n'hésite pas : il va, lui aussi, aller travailler dans les rizières. Cinq jeunes missionnaires slovènes – Rado, Janez, Rok, Toné, Janko – chargés de paroisses dans le même secteur l'imitent. « Si nous voulons lutter de façon efficace contre la pauvreté, commençons par donner l'exemple, disent ces prêtres *vahiny*. Notre parole sera plus crédible. »

Et les voilà, le grand couteau des paysans en main, dans la boue jusqu'à la ceinture, jusqu'aux épaules parfois, se bagarrant avec les rats, à planter le riz, à le cultiver, à le récolter. Les villageois qui passent près de là s'étonnent de voir ces Blancs au milieu de la rizière. « Ils cherchent de l'or? » demandent-ils.

Pedro et ses copains prêtres slovènes paieront cher l'expérience : amibiases, bilharzioses, fièvres les contraindront à de nombreux séjours à l'hôpital durant quatre ans. Ils ne regrettent rien : « Nous avions acquis auprès de tous les gens, et notamment les chefs de villages, une certaine autorité morale. Nous avions gagné leur confiance. »

Et ils hésitent moins à suivre leur curé, lorsque celui-ci les incite à prendre en charge eux-mêmes leur développement. Reste le problème du financement. Pour acheter le matériel, Pedro frappe à la porte des grands organismes chrétiens. Le CCFD et Caritas lui envoient l'aide demandée. De même que ses amis slovènes. Ceux de Slovénie, et ceux d'Argentine, du Canada, d'Espagne, d'Italie, d'Allemagne. Ceux de France aussi, où Pedro a finalement fait ses études de théologie. Il est resté lié avec nombre de ses copains d'alors, surtout ceux de son équipe de foot de la banlieue parisienne, évidemment. Parmi eux, se trouve Gilbert Mitterrand.

Lors d'un départ en congé pour l'Argentine, en 1984, Pedro s'arrête à Lourdes, en France. Un petit détour par Latché, pour dire bonjour à Gilbert. Lui demander son aide à lui aussi, devenu député de Gironde et dont le père est maintenant président de la République française. « Tu devrais en parler à ma mère », conseille Gilbert Mitterrand.

Le lendemain matin, dans la cuisine de la maison familiale présidentielle de Latché, Gilbert présente son ami Pedro à sa mère. La présidente de la fondation France-Libertés doit justement se rendre en Argentine dans quelques semaines, à l'invitation de l'épouse du président Alfonsin. C'est finalement là-bas, à Buenos Aires, que Pedro explique à « la mère de son copain de foot » les besoins de l'hôpital de sa paroisse malgache. Danielle Mitterrand donne son accord au jeune prêtre. Et elle promet, si elle le peut, d'accompagner elle-même le matériel financé par sa fondation.

Quelques mois plus tard, à l'occasion des fêtes du vingt-cinquième anniversaire de l'indépendance malgache, en juin 1985, Danielle Mitterrand doit se rendre à Madagascar. Elle représentera son mari, retenu, à la tête d'une importante délégation de la République française. Or la présidente a fait inscrire sur le protocole de la visite une journée à Vangaindrano. Où ça? Dans ce coin de brousse paumé? Et pour quoi faire, grands dieux? Pour « aller voir un ami de mon fils, le père Pedro ». Qui? Ce prêtre obscur, on peut le faire venir à Tananarive. Pas question, Danielle Mitterrand tient bon : elle ira en personne à Vangaindrano, apporter l'équipement médical demandé par Pedro pour l'hôpital de la ville. Branle-bas de combat dans l'appareil diplomatique et les ministères, parmi les forces de l'ordre qui lèvent les bras au ciel. Mais le jour dit, Danielle Mitterrand, tout sourire et gentillesse, débarque parmi les paroissiens du père Pedro, précédée par deux avions Transaal remplis de matériel et de médicaments. « Cette aide est le fruit d'une amitié sportive entre le fils du président de la République française et le père Pedro », souligne un ministre, soucieux de préciser que cette visite n'a « rien de politique ».

Danielle Mitterrand reviendra encore à Madagascar, en 1990 et 1991, bousculer le protocole pour apporter son soutien fidèle à « l'ami de son fils » qui s'est lancé, cette fois, à Tananarive, dans l'un de ces défis à l'injustice et à l'exclusion pour lesquels, présidente de France-Libertés, elle se passionne.

1989. Puisqu'il a si bien réussi avec les jeunes de Vangaindrano, les supérieurs lazaristes du père Pedro pensent qu'il est l'homme tout indiqué pour revigorer la formation des jeunes séminaristes dans la capitale. Ils lui désignent son nouveau poste : Tananarive.

Quitter Vangaindrano! Ce peuple avec lequel il a noué des liens si chaleureux d'amitié et d'estime! Sa dernière messe, au milieu d'eux, est pour lui un véritable arrachement.

Il prend cependant à cœur sa nouvelle charge. Le père Pedro connaît bien maintenant l'Église malgache, son manque de prêtres, les difficultés de ces hommes isolés... A Madagascar, le peuple est très croyant. Beaucoup sont protestants ou animistes, mais les catholiques représentent tout de même un tiers de l'ensemble des treize millions d'habitants. Les prêtres malgaches sont trop peu nombreux : certains sont chargés d'une trentaine de paroisses. En plus, ils ont fort à faire pour endiguer le nouvel attrait exercé par les sectes sur ce peuple naïf, volontiers indolent. Former ceux qui assumeront de si lourdes responsabilités, c'est pour Pedro un travail d'éducateur passionnant.

Passionnant, certes, mais sédentaire, où il n'y a pas grand-chose à innover, à bousculer, à créer. Pas grand-chose de concret pour le service des pauvres.

Pedro s'accroche à sa confiance en Dieu. La Providence, toujours...

La Providence est au rendez-vous. Elle choisit même, comme prétexte, un événement hors du commun : la visite pontificale à Madagascar du pape Jean-Paul II, fin avril 1989, trois semaines après l'arrivée de Pedro à Tana.

– Je regardais le déroulement des cérémonies à la télévision, raconte-t-il. Soudain, on a vu sur l'écran une petite fille misérable, portant son frère sur son dos, approcher du podium où se tenait le Saint-Père. On la voyait avancer, en gros plan. C'était une petite 4 Mi. Comment avait-elle réussi à se faufiler jusque-là? Le pape lui a posé la main sur la tête. Elle voulait rester là. Les gardes du corps ont eu du mal à la faire partir.

» Cette image de l'enfant pauvre auprès du chef de l'Église m'a ouvert les yeux. A travers elle, ce sont les pauvres de Tana qui me faisaient signe.

Un mois plus tard, Pedro monte à Ambohimahitsy. Il vient d'apprendre que les sans-abri, qu'il apercevait à chacun de ses passages à Tana, sont parqués là depuis 1985, dans des conditions inimaginables. En quatre ans, près de la moitié sont morts. Sa première rencontre avec eux est décisive : Pedro est décidé à « faire quelque chose » pour ces 4 Mi, rejetés de partout.

Faire quoi? Pas la moindre idée. Ni le premier sou. Mais la Providence est à portée de prière.

Avant de se lancer, Pedro demande audience au cardinal de l'époque, Mgr Victor Razafimatratra, dont il connaît le souci des pauvres. Le cardinal a été son premier évêque, à son arrivée comme prêtre à Vangaindrano. Mgr Razafimatratra écoute le jeune missionnaire.

– Il aurait pu me rappeler que je devais d'abord me consacrer aux séminaristes. Au contraire, il m'a encouragé dans mon projet et m'a assuré de son soutien. Je me suis agenouillé et il m'a donné sa bénédiction en disant " l'Église est avec vous ".

Un an plus tard, le cardinal se déplaçait pour visiter les réalisations d'Akamasoa pour la réhabilitation des 4 Mi. « Voilà un vrai travail pour les pauvres », confiait-il à ses proches.

6

Et tout recommencer...

L'ENFER. Joseph, Gilbert et les autres l'ont déjà raconté : Ambohimahitsy, à l'époque, c'est l'enfer. Vision d'apocalypse pour Pedro, quand il y arrive, ce matin de fin mai 1989. Combien sont-ils, dans ce campement? Personne ne sait. Une centaine de familles peut-être, entassées dans de minuscules cabanes branlantes, bricolées avec ce que les gens ont pu ramasser : tôles rouillées, bouts de bois, morceaux de plastique. Cahutes serrées les unes contre les autres pour ne pas s'effondrer. On ne peut y pénétrer qu'à quatre pattes. Les conditions de vie sont si dures qu'ici c'est la loi de la jungle, la survie à n'importe quel prix.

Des religieuses, des prêtres, des novices de la fraternité de mère Teresa essaient de soulager un peu la misère, mais ce n'est qu'une goutte d'eau dans un océan de détresse. Que faire, mon Dieu, que faire? Pas donner d'argent, en tout cas, ni d'aumône par-ci par-là. Pedro s'y refuse. Ce qu'il leur faudrait, à ces pauvres gens, c'est du travail. C'est seulement par le travail, pense-t-il, que ces hommes et ces femmes pourront retrouver leur dignité.

Et pourquoi pas « travailler la terre » ? A force de discussion avec les laissés-pour-compte d'Ambohimahitsy, Pedro finit par en persuader plusieurs. « Je vais vous trouver une terre ! » leur promet-il.

Promesse plus difficile à tenir qu'il ne l'aurait cru. Ses démarches auprès des autorités concernées pour obtenir la jouissance d'une terre domaniale restent vaines. Les portes se ferment, les unes après les autres. Sauf une : celle du président de la province de Tana, qui lui donne le premier feu vert et l'aide d'un géomètre et d'un ingénieur de ses services. Justement, une terre se trouve disponible au sud-est de la ville. Mais, pour s'y rendre, la route se révèle impraticable. Demi-tour. Autre terre domaniale en vue, au nord cette fois, à quatre-vingts kilomètres de la ville. Un beau terrain de quatre mille hectares. Pedro s'y voit déjà. Là, les 4 Mi pourront se réhabiliter. C'est ce qu'il explique au responsable du *fokontany,* la communauté des villageois du coin. En apprenant qu'il s'agit de « ces gens-là », le responsable local assure, la main sur le cœur, qu'il n'existe dans le secteur aucune terre disponible. Fureur du géomètre qui connaît bien son plan cadastral : ce terrain n'est pas la propriété des habitants, mais celle de l'État. Il sera occupé par les pauvres du père Pedro, qu'on le veuille ou non. Pedro l'arrête. Inutile d'amener ici des familles qui risquent d'être reçues à coups de pierres. Mais l'expérience lui sert de leçon. La prochaine fois, il passera sous silence l'origine de ses candidats au retour à la terre.

Enfin, une issue paraît possible : une grande terre inoccupée, près de Fiantsonana, à soixante kilomètres de Tana, sur la route de Majunga. Pedro s'y rend avec les deux fonctionnaires malgaches. Des paysans travaillent non loin de là.

– Lorsqu'ils ont vu un Blanc sortir de la voiture et venir vers eux, un Blanc avec une barbe qui plus est, ils se sont enfuis, pris de peur. Le plus vieux, qui ne pouvait pas courir, a cru sa dernière heure arrivée lorsque je lui ai adressé la parole. Heureusement, je lui parlais en malgache et il a été rassuré.

Pedro en rit aujourd'hui. Mais il se souvient de la tristesse qui l'a étreint à ce moment, lui dont la simple approche suscitait la crainte de ces pauvres gens. Parce qu'il était blanc. Heureusement, la cordialité du prêtre et son respect des coutumes locales ont résolu tous les problèmes.

Sur le vaste terrain de cent quarante hectares appelé Antolojanahary, quatre collines font le gros dos sous le soleil. C'est ici que soixante-dix familles de 4 Mi vont devenir cultivateurs. Sacré pari!

A Ambohimahitsy, les soixante-dix familles s'apprêtent en effet à prendre la route. Soixante-dix seulement sur les cent soixante candidates du début. Pedro doit tenir compte de la réalité : la plupart des 4 Mi ne sont pas prêts à quitter la ville et leurs habitudes. On ne peut pourtant pas les laisser croupir dans l'amas misérable du campement. Il faut leur trouver du bois pour construire des cabanes plus décentes. Et des outils, du matériel, pour les édifier. Or, Pedro a les poches vides. Sans compter qu'il doit aussi trouver de l'argent pour l'équipement et l'installation des familles qui vont partir dans les collines d'Antolojanahary. Et qu'il y a urgence. C'est l'argument qu'il invoque au téléphone – pressé d'obtenir l'indispensable financement – pour demander l'aide d'une organisation caritative européenne. Qui lui répond :

– Le mot " urgence " n'existe pas chez nous. Si vous voulez une aide, déposez votre dossier et attendez.

Attendre? Attendre que ces gens meurent de froid et de faim? Pedro enrage.

– Alors, je suis allé mendier auprès de toutes les communautés religieuses de Tana. Auprès de celles qui faisaient de leur mieux, déjà, au campement d'Ambohimahitsy, les pères franciscains, les pères montfortains, les capucins, les religieuses de Saint-Joseph-d'Aosta. Auprès des Filles de la Charité et des pères lazaristes. Et aussi auprès du nonce apostolique puisque, après tout, le pape n'était pas étranger au démarrage de l'action. C'est ainsi, en demandant l'aumône pour les pauvres de Dieu, en expliquant mon projet, que j'ai réuni les premiers fonds.

La seconde tranche de financement nécessaire à l'équipement d'Antolojanahary lui est accordée pour une part importante par « la mère de son copain de foot » : la présidente de France-Libertés, Danielle Mitterrand, son précieux et indéfectible soutien. Manos unidas (Espagne), Misereor (Italie et Allemagne) et la mission de coopération française (entre autres) ont également financé l'installation de ce village.

Reste le problème de la nourriture. Pour que ces gens travaillent, il faut qu'ils puissent manger. Pedro va tirer la sonnette du PAM, le Programme alimentaire mondial de l'ONU. Un secrétaire le reçoit. Un homme courtois, compétent, qui comprend parfaitement la démarche du père Pedro mais ne croit pas un seul instant à sa réussite. Obtenir des 4 Mi qu'ils se mettent au travail? Voyons, ce n'est pas sérieux! Ils partent travailler la terre à soixante kilomètres? Mais ils n'y resteront pas un mois, même pas une semaine! Inutile de débloquer un stock de riz pour une entreprise vouée, selon lui, à l'échec.

– Avant de prendre votre décision, plaide Pedro, venez au moins voir ces gens, discutez avec eux, évaluez leurs motivations. Après seulement, vous pourrez dire si oui ou non votre riz risque d'être mal utilisé.

C'est bien pour le père Pedro!.. Le secrétaire du PAM arrive sur sa rutilante moto, il parle avec les gens, il écoute ces hommes et ces femmes qui assurent vouloir « changer leur vie », il discute, discute encore. Et repart convaincu. D'accord, il transmettra la demande à son supérieur, le responsable local : le PAM fournira le riz nécessaire, dans le cadre du programme *food for work* – de la nourriture contre du travail –, pendant une première tranche de trois mois. La tranche en question sera suivie de beaucoup d'autres. Aujourd'hui, le responsable local du PAM est tout acquis à l'action d'Akamasoa. Son organisme contribue régulièrement à l'alimentation des plusieurs milliers de personnes accueillies par l'association.

Ce secrétaire, qui arrive au milieu des pauvres avec sa superbe moto de fonctionnaire des Nations unies, c'est tout de même un bon souvenir pour le père Pedro. Il en a de moins bons. Celui de ce commerçant, par exemple, auquel il n'avait rien demandé, mais qui, titillé sans doute par sa mauvaise conscience, souhaitait « aider les pauvres du père ».

– Très bien! répond alors Pedro. Les pauvres ont justement besoin de couvertures. La pluie est là et ils ont très froid.

Or, rien n'arrive. Pedro téléphone. L'assistant du commerçant l'assure de son empressement, de sa bonne foi, mais au fait, vous voulez des couvertures d'une ou de deux personnes? Pedro commence à s'énerver. Une semaine passe. Toujours rien. Nouveau coup de téléphone. Ah oui, on est débordés en ce moment! A la fin du mois, Pedro a déjà rappelé quatre fois le velléitaire de la charité. En vain. Alors, cette fois, il se fâche pour de bon :

– Écoutez, je ne vous ai rien demandé, c'est vous qui vous êtes proposé. Maintenant, vous m'obligez à venir quémander au téléphone de façon humiliante, tout ça pour rien. Alors, vos couvertures, vous pouvez vous les garder!

Il avoue aujourd'hui :

– Je suis resté au moins une demi-heure devant mon téléphone raccroché, les poings serrés, avant de pouvoir me calmer. Je pensais à tous ces enfants qui grelottaient de froid... J'imaginais mal qu'un homme puisse manifester un tel cynisme...

Printemps 1990. A Ambohimahitsy, une nouvelle vie s'organise. Des cabanes en bois remplacent peu à peu les cahutes. On commence à confectionner des briques en terre pour construire des maisons en dur. Les soixante-dix familles de futurs paysans sont parties à Antolojanahary, cinquante autres ont reçu une aide pour retourner dans leur région d'origine. Il en reste environ quatre-vingts qui se mettent d'accord pour élire un comité de responsables, pour décider des règlements qui régiront leur vie en commun. Une religieuse infirmière, sœur Noro, vient deux fois par semaine assurer les soins. Bientôt l'antenne de MSF à Tana ouvrira un dispensaire. Le Français Michel Fizbin, le coordinateur, enthousiasmé par le projet de Pedro, a su convaincre le siège de MSF à Paris.

Le sinistre campement d'Ambohimahitsy n'est plus qu'un mauvais souvenir. Le nom demeure pour désigner la colline, son appellation depuis toujours. Mais, avec la création de l'association Akamasoa, le village s'appellera désormais Manantenasoa : « l'Espoir ».

Et les autres? Ceux qui sont encore dans les rues de la ville, ceux qui croupissent toujours dans les mêmes conditions inhumaines? Près de quatre-vingts familles s'entassent à nouveau le long du mur de l'hôpital. Par deux fois au cours de l'année, les hommes de la municipalité sont venus brûler les pauvres abris et ont expulsé les 4 Mi à la périphérie de Tana. Le lendemain, les 4 Mi étaient revenus, et pour cause : c'est dans les ordures de la ville qu'ils trouvent de quoi survivre... Cependant, ils voudraient bien, eux aussi, bénéficier de l'aide du père Pedro.

Mais le prêtre a déjà épuisé toutes les ressources qu'il pouvait trouver. Il n'a pas d'argent, pas de terre. Il ne peut pas s'occuper des autres, il n'en a pas les moyens. Il cherche à fermer les yeux. Plus difficile, pour lui, de fermer son cœur.

– Je sentais comme un appel, dit-il.

Un jour qu'il passe le long du mur de l'hôpital, il s'arrête. Trop tard pour reculer. Les 4 Mi l'entourent, l'implorent : « Mon père! Mon père! » Alors, il promet, sachant très bien qu'à l'instant même, il met le doigt dans un engrenage qui le dépasse. Mais l'heure n'est pas aux états d'âme. Pedro, comme à son habitude, commence par foncer. Chez le ministre de l'Intérieur, rien de moins. Peu avant, celui-ci a été proprement épaté en apprenant le travail du père auprès de gens réputés irrécupérables. Il lui voue dès lors une profonde estime et tient compte de son avis. Il lui a même confié le numéro de son téléphone rouge. Cette fois, le ministre est désolé : pour les gens de la rue, dans Tana, il ne peut rien. L'affaire est du ressort de la mairie. Pedro tient bon. Il insiste pour que le ministre organise une réunion entre les autorités concernées. Au plus vite, bien sûr. Huit jours plus tard, la réunion a lieu. Les représentants du ministre et des autorités locales acceptent la proposition du prêtre :

ils s'engagent à construire, à Manantenasoa, quatre-vingts cabanes, pour ces quatre-vingts familles, dans un délai d'une dizaine de jours. Auparavant, il leur faut bien sûr l'accord des familles de la rue. Les représentants officiels demandent à Pedro de leur servir d'intermédiaire. La rencontre a lieu devant les cahutes, sur le trottoir de l'hôpital. Mais là, rien ne se passe comme prévu. Les 4 Mi ont été tellement malmenés par les services de la municipalité qu'ils refusent de croire les promesses, ils soupçonnent une magouille de plus. Les invectives pleuvent, de part et d'autre. La discussion s'envenime. Pedro intervient *in extremis,* il met toute son autorité morale dans la balance. Il se porte garant que tout se passera comme annoncé. Parole!

La veille du jour décidé pour le transport des familles de la rue, Pedro monte à Manantenasoa : les travaux doivent être bien avancés, pense-t-il. Consternation. Seulement vingt maisons en bois sont debout. Furieux, Pedro retourne à son bureau, téléphone au responsable de la mairie.

– Mais, mon père, c'est tout de même mieux que rien, répond l'homme au bout du fil. Ils vont se mettre à quatre familles par maison, ce sera toujours mieux que leurs cahutes en carton sur le trottoir.

Par moments, Pedro a envie de tout casser. Ce matin-là, il parvient à garder son calme et déclare posément qu'il ne l'entend pas de cette oreille. Il a engagé sa parole pour quatre-vingts cabanes, une par famille. Il s'estime trompé. Et il téléphone aussitôt son indignation au ministre de l'Intérieur, en personne. Celui-ci prend fait et cause pour le prêtre et donne des ordres dans l'heure qui suit. Les représentants des autorités locales se souviendront longtemps de l'engueulade que leur a administrée ce soir-là le ministre de l'Intérieur. Le lendemain, seulement vingt familles monteront occuper les vingt maisons achevées. Les femmes seules avec enfants et les familles nombreuses, en priorité. Les soixante autres suivront sous peu.

Il a tout de même fallu que Pedro aille annoncer le retard aux gens de la rue. Ils ont seulement demandé une chose : que, le moment venu, ce ne soit pas les camions à ordures habituels de la mairie qui les transportent à Manantenasoa. Alors Pedro a loué pour eux un camion dix tonnes. Il a trouvé ça plutôt normal.

Samedi soir, 6 octobre 1990. Le vieux Rabarivelo a trop forcé sur la bouteille de *toaka,* l'alcool si fort du pays. Un geste maladroit vers la bougie qui roule juste sous le rideau en plastique. Lequel s'enflamme. Hébété, l'homme n'a pas le temps de réagir. Le feu gagne le toit en paille. Il a juste le temps de sortir en criant. Les voisins sont déjà dehors. Le feu se communique de toit en toit, de cabane en maison. L'incendie embrase la colline de Manantenasoa. Presque toutes les maisons du village sont brûlées, les murs calcinés. Le petit jour se lève sur une scène de désolation.

– Par miracle, il n'y a eu aucune victime, se souviennent Joseph et René. Mais on n'en croyait pas nos yeux. Tant d'efforts réduits à néant... On était découragés, désespérés. Et le père qui n'était pas là...

Ce soir-là, le père était au fond de son lit, en proie à une crise de paludisme. Ses collègues lazaristes, prévenus de l'incendie, avaient alerté les pompiers. Mais Pedro était trop malade pour faire quoi que ce soit. Ils l'ont laissé dormir.

C'est seulement le lendemain matin que le père apprend la terrible nouvelle. Heureusement, sa fièvre a baissé. Il saute dans sa voiture, arrive devant les ruines de ce village pour lequel il s'est donné tant de mal. Coup au cœur, à l'âme. Tous les sinistrés accourent vers lui. Les hommes crient. Les femmes pleurent. D'abord réconforter ces pauvres gens. Il va de l'un à l'autre, compatit à leur détresse, demande des nouvelles de chacun. Puis il les réunit, les écoute encore raconter les malheurs de la nuit, leur parle. Longtemps. Maintenant, c'est le moment de réagir. De toute sa force de conviction, il remercie d'abord Dieu d'avoir épargné les vies humaines. Puis il les regarde bien en face et demande :

– Et maintenant, qu'est-ce qu'on fait? On continue de pleurer ou on recommence à construire notre village?

Ils se sont observés les uns les autres. Puis une femme a relevé la tête, une autre encore, et un homme, et ses voisins. Tous, rassemblés là près des cendres encore chaudes de leur maison, de leurs si pauvres biens, ils ont lancé :

– On recommence! On recommence, mon père!

En trois mois, le village était reconstruit. « Encore plus beau qu'avant! » assurent Joseph et René.

Cet incendie fut tout de même pour Pedro une rude épreuve. Tant d'efforts réduits en cendres. Quel coup dur!

– Oui, mais aussi quelle leçon! Quand je vois ce qu'est devenu Manantenasoa maintenant, le sursaut que cet incendie a provoqué, je me dis que les desseins de Dieu sont impénétrables. La Providence prend de ces détours... Quoi qu'il arrive, il faut toujours faire confiance.

» Désormais, je suis prêt à accepter le pire. Aucune épreuve, aucun coup dur ne me fera baisser les bras. Jésus, aussi, sur la croix, a connu un échec apparent. On a vu la suite! Cet incendie n'était que le résultat d'une bêtise humaine, et ça fait partie de la vie. Quand ça arrive, on réagit, sans désespérer, sans perdre courage.

Un an plus tard, en décembre 1991 : nouvelle « tuile » pour Manantenasoa. Une épidémie.

En quelques jours, trois malades décèdent. Pas de symptômes précis. Cependant l'équipe de MSF, responsable du dispensaire, mène son enquête. Les trois malades présentaient des ganglions à l'aine et sous les bras. Des prélèvements sanguins sont envoyés à l'Institut Pasteur. Résultat : la peste! Une épidémie qui se répand parfois, même de nos jours, dans les quartiers pauvres de la capitale malgache. Il faut absolument l'enrayer dans le village. Mais une désinfection rigoureuse n'empêche pas la maladie de se propager : trente-cinq personnes sont atteintes, sept en meurent. La population s'inquiète, les volontaires et responsables de l'association s'alarment. Branle-

La décharge d'Andralanitra. Avant l'arrivée du père Pedro et l'ouverture du dispensaire de *Médecins sans Frontières*, il mourait ici trois à cinq enfants par semaine. Aujourd'hui, on se précipite toujours au déchargement de chaque benne pour récupérer les meilleurs déchets avant les chiens et les cochons. Mais les enfants travaillent aux ordures « seulement » avant la classe et pendant les vacances scolaires, en attendant le jour où tous pourront quitter cet enfer.

Ecouter, discuter, écouter encore, pour essayer de persuader les trois cents familles qui vivent aux abords de la décharge et y travaillent jour et nuit, qu'une autre vie est possible pour eux aussi.

Manantenasoa. Il faut sans cesse édifier d'autres cabanes en bois,
car chaque semaine amène son lot de nouveaux arrivants.
Dans cette région de hauts plateaux, il fait très froid et l'on s'enveloppe
comme on peut dans des couvertures.

Manantenasoa. A chaque problème grave, le père Pedro réunit les villageois. « Il faut parler, parler toujours. Ce n'est pas en un mois ou même en un an que l'on oublie les comportements acquis dans la rue. »

Ici, l'espoir d'un autre avenir pour les enfants est
la principale source de courage.
Après l'école, les gamins bricolent eux-mêmes leurs jouets.

Manantenasoa. Après avoir vécu des années dans les rues de la ville, les familles façonnent en commun des milliers de briques en terre séchée pour construire leurs maisons. Pedro, mettant à profit ses connaissances en maçonnerie, les aide souvent à la tâche.

Manantenasoa. Avant, ils vivaient de rapines et de mendicité ; ici, rien n'est donné sans contrepartie, en fonction des possibilités de chacun. Le travail de casseur de pierres à la carrière est très pénible, mais l'on est fier de gagner sa vie.

Antolojanahary. Charlotte, l'une des pionnières, et les jardins du village. Ici, à soixante kilomètres de la capitale malgache, soixante-dix familles de « 4 Mi » ont fait le pari du retour à la terre.

La fierté grave de ceux qui sont enfin chez eux,
dans la maison qu'ils ont construite et décorée eux-mêmes.

Chaque dimanche, on se presse à la messe pour écouter les paroles d'espoir et les exhortations au courage du père Pedro. C'est là que l'on réapprend la confiance.

Encore et toujours les enfants. C'est pour eux que se battent le père Pedro, et les hommes et les femmes des « collines du courage ».

bas de combat dans les rangs de MSF qui rappelle à Tana tout le personnel disponible dans les autres antennes de l'île. Les malades sont soignés sur place. Mais ce n'est pas suffisant. Un traitement préventif est indispensable. Le siège MSF de Paris est consulté : les cas d'épidémie de peste sont rarissimes dans les autres missions à travers le monde, et ce traitement peu employé. Des effets secondaires peuvent se produire. Ils sont parfois mortels. Faut-il l'utiliser quand même? Grave décision à prendre pour les responsables de MSF à Tana et le père Pedro. Le traitement doit être administré à tous ceux qui de près ou de loin ont approché la maladie.

– C'était un épouvantable dilemme, se souvient le père Pedro. Le pourcentage de risques mortels était minime mais il pouvait tomber sur n'importe qui. Avec Éric et Anne Bertin, leur équipe MSF, et les responsables d'Akamasoa, nous avons décidé le traitement. Non sans quelques sueurs froides, parfois. On se surprenait à vérifier plusieurs fois par jour l'absence de ganglion sous les bras... Mais personne ne s'est défilé. Lorsque l'épidémie s'est déclarée, aucun volontaire n'a déserté son poste. Tous, chez nous comme chez MSF, ont fait preuve d'un courage exceptionnel. Chacun avait la trouille, mais on n'en parlait pas. Il ne fallait pas répandre la panique. Cependant, durant un mois, nous n'en avons pas mené large!

7

Le rêve de Mama Emma

A soixante kilomètres de Manantenasoa, autre paysage, autre aventure, autre combat. Toujours pour des anciens 4 Mi. Ceux-là sont des pionniers, et ils en sont fiers.

De la colline, tout là-haut, Mama Emma veille sur le village. Elle est là, sous un gros tas de pierres, au milieu des neuf autres tombes réunies dans l'herbe haute. Mais elle demeure très présente dans le souvenir des pionniers d'Antolojanahary. Ils en parlent comme si elle était encore là, à les exhorter au courage, à ne pas baisser les bras, à tenir le coup malgré les difficultés et les mauvais penchants toujours prêts à reprendre le dessus. Mama Emma reste, pour tous, la bonne âme du village. De ce village qu'ils ont créé avec elle en novembre 1989, il y a quatre ans.

Elle n'a pas eu de chance, Mama Emma. Un cancer l'a emportée à peine dix-huit mois après son arrivée. Mais elle avait eu le temps d'insuffler toute son énergie au petit groupe qui, avec elle, avait tenté l'incroyable : s'implanter, ici, dans ces collines désertes, à soixante kilomètres de la capitale. Elle en était sûre, elle, qu'on pouvait changer sa vie, échapper à la misère, espérer un meilleur avenir pour les enfants. Même pour eux, les parias, les mendiants, ceux qui disputaient leurs moyens d'existence aux chiens et aux cochons sur les tas d'ordures de la ville.

Tous la revoient encore : une petite bonne femme tout en nerfs, le regard direct, qui n'avait pas sa langue dans sa poche. Une femme de caractère. Abandonnée par son mari, sans ressources, elle s'était bagarrée de son mieux pour survivre dans les rues, afin que les cinq enfants qui lui restaient – sur les dix-huit qu'elle avait mis au monde – ne meurent pas de faim et des maladies de la misère, eux aussi. Pendant près de dix ans, Mama Emma avait dégringolé, une à une, les marches de l'enfer sur terre. Elle aussi avait connu les cahutes en carton, le long du mur de l'hôpital. Puis la relégation au campement d'Ambohimahitsy avec tous les pauvres diables que les gens de la ville et les autorités d'alors ne voulaient plus voir. Malgré toutes ces épreuves, Mama Emma avait conservé une étonnante force d'âme. La première, elle avait compris que la proposition du père Pedro était leur dernière chance.

Avec sa finesse d'observation et son expérience de la vie, cette femme-là connaissait bien la nature humaine. D'instinct, elle savait si le bonhomme en face d'elle était un type sincère ou un hâbleur de plus. Auquel cas il n'avait plus qu'à remballer ses intentions creuses, les quolibets de Mama Emma l'accompagnaient jusqu'à la sortie. Devant Pedro, elle n'a pas hésité. Celui-là savait parler, c'est sûr, mais, plus que ses paroles, c'était sa force de conviction qui vous remuait la conscience. Cet homme-là vous parlait cœur à cœur. On pouvait lui faire confiance.

A Ambohimahitsy, des familles ont commencé à s'inscrire pour partir cultiver la terre. Bien sûr, Mama Emma était du nombre. « Mais attention, rappelait-elle, le père Pedro ne nous a pas promis la lune. Il veut bien nous aider, mais ce sera à nous de faire le travail, à nous d'apprendre à vivre en communauté. Et n'oubliez pas qu'il y aura des règles à respecter. Ce sera dur, faut pas se le cacher, nous avons l'habitude du chacun pour soi. On n'aura rien sans rien. Alors, montrons-nous dignes de la confiance qu'on nous fait. »

Elle ne manquait pas d'éloquence, Mama Emma.

En évoquant son souvenir, Désiré, Charlotte, Barthélemy et Gilbert ne peuvent s'empêcher de sourire. Ils sont montés ce matin sur la colline, avec Pedro. Et là, devant sa tombe, ils rendent hommage à leur « Mère Courage » à eux. De là-haut, on domine l'ensemble des cinq hameaux d'Antolojanahary, dispersés au milieu des terres où verdissent les cultures. Jusqu'à l'horizon, le paysage est grandiose. Au fond, là-bas, ces bâtiments, c'est le centre social, avec les différentes structures communautaires : écoles, dispensaire, atelier, chapelle, un peu comme à Manantenasoa.

– Mais ici, on a l'espace, la nature! ajoute Charlotte.

Charlotte a vingt-cinq ans, cinq enfants, des yeux

vifs et intelligents, les cheveux tressés en de drôles de petites nattes. Après le travail des champs avec Armand, son mari, elle assure le secrétariat du conseil du village.

Elle aussi a connu le cauchemar d'Ambohimahitsy. Des problèmes familiaux l'avaient contrainte à quitter le lycée, en classe de seconde. A dix-huit ans, elle s'était retrouvée à la rue avec un enfant qu'elle élevait seule. C'est Mama Emma qui l'avait décidée à se joindre aux pionniers d'Antolojanahary.

24 novembre 1989. Soixante-dix familles de 4 Mi se lancent dans l'aventure du retour à la terre. Les hommes partent les premiers avec les planches, le matériel et les outils pour construire les cases en bois, par rangées. Ils sont accompagnés par Jaime, un menuisier chilien, exilé de son pays, qui a accepté de donner un coup de main aux 4 Mi. Puis les femmes et les enfants arrivent. Tout est à faire. Défricher, tracer les chemins, construire des ponts, des ateliers, les locaux communautaires. Confectionner des briques avec la terre pour édifier des maisons en dur. Creuser les puits. Et, dans un premier temps, tout se fait en commun, même la cuisine, afin d'économiser le bois, assez rare dans la région. Rude épreuve pour tous ces gens peu habitués à la discipline. Ils ont pourtant décidé ensemble des lois qui vont régir leur petite communauté. Mais, comme dit Mama Emma, les mauvais penchants ont la vie dure.

– Les débuts ici ont été vraiment très, très difficiles, reconnaît Charlotte. Tout était décidé en commun : le travail, le partage du riz. Alors, forcément, ça créait des tensions. On changeait toujours nos responsables. Il y avait des disputes, des bagarres. Il fallait apprendre à se connaître, à tenir compte des autres, à vivre ensemble. Et puis, on n'avait pas assez à manger, pas assez de vêtements et de couvertures. Le travail de la terre était ingrat, avec toutes ces herbes. On a eu du mal à résister au découragement. On a même failli repartir.

Heureusement, Pedro veille au grain. Que de temps lui faut-il passer en discussions, en pourparlers! Que de temps pour apaiser les conflits, ranimer la confiance, redonner du cœur à l'ouvrage. Pour les persuader qu'une vie meilleure est au bout de tant d'efforts. Il lui faut aussi tenir compte des réalités :

– Nous appliquions alors une sorte de socialisme pur et dur. Pour une raison bien simple : “ le tout communautaire ” nous revenait moins cher. Nous n'avions pas les moyens financiers de faire autrement. Mais la motivation au travail baissait, alors on a décidé que chaque hameau serait autonome pour le travail et la nourriture. Puis il y a eu de nouveau baisse de motivation : “ Lui, il en fait moins que moi! ” Chacun préférait travailler pour soi, c'est la nature humaine. Désormais, chaque famille assume ses propres ressources. Et ça leur convient bien. Nous avons seulement conservé, comme dans les autres villages de l'association, une journée par semaine de travail communautaire pour les équipements villageois.

Ces difficultés de démarrage exigent du prêtre

une présence de chaque jour. Or, à l'époque, il est toujours directeur des études, au séminaire lazariste de Tana.

– Je devais impérativement être à l'heure pour l'office du soir. En revenant d'Antolojanahary, je roulais au moins à 150 pour ne pas arriver en retard. Heureusement, la route était bonne!

Un an plus tard, Pedro se rendra à l'évidence : il ne peut plus mener de front la formation des séminaristes et ses tâches auprès des 4 Mi : le père Gonzague Danjou, le « provincial » de la congrégation lazariste à Madagascar, accepte de le décharger de ses fonctions au séminaire. Il connaît le travail de l'association Akamasoa, il a visité les villages et a reconnu là une œuvre bien dans la ligne de la mission des lazaristes envers les plus pauvres. En novembre 1992, Pedro reçoit l'accord officiel de ses supérieurs : il pourra enfin se consacrer entièrement à la réhabilitation des 4 Mi.

Pour l'heure, il continue ses allers-retours quotidiens. Durant les premiers mois, Célestine l'accompagne à Antolojanahary trois fois par semaine, afin de régler avec les femmes les problèmes d'installation et les encourager. Chaque week-end, toute l'équipe de l'association est là pour donner un coup de main. Et puis, il y a Mama Emma qui n'a pas son pareil pour entretenir le moral des troupes. A coup d'engueulades, au besoin. Pourtant, elle ne va pas fort, la brave femme, elle doit faire de fréquents séjours à l'hôpital de la ville voisine. C'est là qu'un jour des médecins lui apprendront sans ménagement qu'elle a un cancer à l'utérus et qu'elle « n'en a plus pour longtemps ». Jusqu'au bout, pourtant, elle continuera de lutter pour cette « vie meilleure » qu'elle n'aura pas le temps de connaître. Son dernier bon souvenir sera cette soirée de Noël 1989. « La plus émouvante de mes messes de Noël », raconte Pedro.

Les pionniers d'Antolojanahary sont là depuis à peine un mois, installés tant bien que mal dans ce campement de fortune perdu au milieu des collines.

– J'ai dit la messe de minuit dans la maison de l'ancien propriétaire du terrain, une pièce un peu délabrée mais assez grande. Elle était pleine à craquer. Cent dix personnes serrées les unes contre les autres. On se serait cru à Bethléem, avec ces gens habillés comme des bergers, une couverture sur le dos, avec tous ces enfants autour de la table qui nous servait d'autel, éclairée de deux bougies. J'étais vraiment ému, je me sentais très près de Dieu.

» J'ai encouragé tous ces fidèles à s'aimer, à croire en la parole de Dieu qui peut changer notre vie pour le bien, qui peut nous transformer et nous aider à devenir meilleurs.

» Après la messe, nous avons allumé un grand feu dehors, sur le terre-plein devant la maison. Et nous avons chanté, de tout notre cœur, tous ensemble, sous un ciel extraordinaire, constellé d'étoiles...

Depuis, chaque dimanche, dans les villages de l'association, une assistance nombreuse se presse aux messes du père Pedro. Les chants s'y succèdent, clamés à tue-tête, scandés par le tambour ou l'accordéon, accompagnés parfois de danses, quand l'envie leur en prend. A Antolojanahary, c'est Désiré, revêtu d'une aube blanche, qui mène la liturgie. En l'absence du père, il assure la célébration de la Parole. Autrefois, dans la rue, Désiré était pickpocket. Ses vols lui avaient même valu de passer deux ans en prison.

– Je volais parce qu'il fallait bien manger, dit-il. Je faisais le mauvais garçon mais je n'ai jamais perdu la foi.

Aujourd'hui, à trente-trois ans, marié, père de deux enfants, cultivateur compétent, il suit une formation de catéchiste et représente son village aux réunions des paroisses du diocèse. Il assume ses responsabilités avec le plus grand sérieux.

Pour Pedro, Désiré est un bon exemple :

– L'appui spirituel me paraît indispensable dans la réhabilitation des 4 Mi. On ne peut aider ces gens à changer leur vie seulement avec le logement, les habits, la santé et l'éducation. Il leur faut aussi un changement d'esprit. Les faire travailler, c'est bien, mais les faire prier l'est tout autant. La prière les incite à faire un retour sur eux-mêmes. Elle éveille leur conscience et leur permet de retrouver en eux cette parcelle divine que Dieu a mis en chaque être humain.

» Les Malgaches sont un peuple de croyants. Ici, il n'y a pas d'athées. Qu'ils soient protestants – comme la majorité –, catholiques ou animistes, tous croient à un Dieu créateur. Il suffit souvent de ranimer cette croyance. Chaque fois que j'explique la Parole de Dieu, j'essaie de la dire le plus fortement possible, pour qu'elle pénètre au plus profond d'eux-mêmes. Sinon, ils ont été tellement opprimés par la misère qu'ils sont devenus sourds à cette Parole. Sans la Parole de Dieu, nous construisons sur le sable, car l'homme est égoïste par nature. C'est seulement avec l'aide de Dieu qu'il peut élargir son cœur et son âme.

Jusqu'à ses derniers instants, Mama Emma a gardé au-dessus de son lit une photo dont elle n'était pas peu fière. On l'y voit, revêtue d'une robe à carreaux jaunes qu'elle avait confectionnée elle-même, marchant dignement aux côtés de Céline Ratsiraka, l'épouse du président malgache de l'époque, et de Danièle Mitterrand, toutes deux venues, par hélicoptère, en visite à Antolojanahary. Rien moins! Une photo prise le 15 juin 1990.

C'est un samedi. Le président de la République française et son épouse sont arrivés deux jours plus tôt en visite officielle à Madagascar. Bonne occasion, pour Danièle Mitterrand, d'aller voir Pedro et les installations du village d'Antolojanahary financées par sa fondation France-Libertés. Les services du protocole lui ont fait remarquer que le programme de la visite officielle ne prévoyait aucune échappée possible. Danièle Mitterrand, elle, en voit pourtant une : le samedi 15, le président Ratsiraka veut emmener ses invités à Tamatave, la ville où il est né. La présence de l'épouse du président français n'est pas indispensable. La délégation peut très bien se passer d'elle. François Mitterrand – qui n'a pas oublié sa rencontre avec Pedro lorsqu'il est venu à l'Élysée pour les préparatifs de sa rencontre avec Danièle en Argentine – ne s'y opposera pas.

C'est ainsi que, ce jour-là, accompagnée de Céline Ratsiraka, la présidente de France-Libertés retrouva le jeune prêtre. Avec un large sourire : auprès de lui le terme de « charité chrétienne » perdait ses relents de bondieuseries. Et retrouvait son sens véritable.

– Quelle simplicité, chez cette grande dame! s'enthousiasme Pedro. Elle a voulu tout voir. C'était la fête, la joie pour tous ces exclus d'autrefois!

Évidemment, toute l'équipe d'Akamasoa est là. En face des personnalités officielles, Pedro laisse toujours ses amis malgaches sur le devant de la scène. C'est donc Raymond, le mari de Célestine, qui prononce le discours d'accueil, comme président de l'association. Devant Danièle Mitterrand, il rappelle : « Madame, vous allez voir ici des gens qui recommencent à vivre, qui veulent lutter contre la pauvreté, contre le désespoir, retrouver leur dignité d'homme et être responsables de leur avenir... »

La chaleur de l'accueil a sans doute touché Danièle Mitterrand : elle est revenue l'année suivante, en mars 1991, profitant d'un voyage à l'île de la Réunion pour « faire un détour » par Madagascar... et les villages de l'association de Pedro. Afin de lui accorder un soutien matériel, bien sûr, mais elle ne pouvait ignorer le poids moral que sa présence apportait au prêtre, dans ce pays où la démocratie était de plus en plus piétinée, à l'heure où les désordres politiques laissaient craindre le pire.

Les émeutes populaires débutaient en effet deux mois plus tard, en juillet 1991. Des émeutes que, du haut de son palais, Didier Ratsiraka tentait de régler dans le sang. En vain. Il fallut deux années de crise et de chaos pour se débarrasser du dictateur. Deux années d'un combat politique dans lequel, surtout au début, le Conseil des Églises chrétiennes a pesé de tout son poids. En février 1993, les Malgaches réussissaient enfin à renverser le régime de Didier Ratsiraka et, avec l'élection du nouveau président, Albert Zafy, à rétablir la démocratie dans leur pays.

Aujourd'hui, au sommet de la colline d'Antolojanahary, Désiré, Charlotte, Gilbert et Barthélemy – les responsables des comités du village – mesurent avec Pedro le chemin parcouru. Ici, on a déjà enterré neuf morts. Mais trente enfants sont nés à Antolojanahary. D'autres familles vont bientôt arriver.

– Quand je suis obligée d'aller à Tana, raconte Charlotte, j'ai hâte de revenir ici, chez nous. Ici, maintenant, c'est notre terre.

Pedro ne se lasse pas de la splendeur du paysage, tout autour, de ces collines à perte de vue. Il s'exclame :

– On doit être bien, ici, pour attendre la résurrection des morts...

Mais, bon, on a encore le temps. Il dévale la colline en riant :

– Allons d'abord nous occuper des vivants!

8

Tu sortiras mon peuple des décharges

IL y a Manantenasoa, où l'on est accueilli, où l'on réapprend à vivre. Et il y a Antolojanahary où les plus misérables se transforment en pionniers. Et puis il y a Andralanitra (on prononce Andjalandcha) : la plus grande décharge municipale de Tana, à la sortie de la ville.

Vingt hectares d'ordures et de déchets. Deux mille personnes y vivent. Plus de la moitié sont des enfants. Elles y habitent, elles y fouillent les moyens de leur subsistance. Le jour, la nuit, à la lueur de vieux pneus enflammés. Hommes, femmes, enfants, tous. Au milieu des cochons noirs élevés là, des chiens errants qui montrent les dents. Dans une odeur pestilentielle, une fumée dense épaissie de la poussière noire soulevée par le vent et qui vous colle à la peau, aux poumons. Les mouches y pullulent, mieux vaut éviter d'ouvrir la bouche.

Ce matin, près de la cabane du gardien, à l'entrée de la décharge, trois gamins guettent l'arrivée de la prochaine benne à ordures. Dix, douze ans au plus. Hirsutes, vêtus d'oripeaux crasseux. Regards méfiants, hostiles. Quand le camion débouche, ils s'accrochent à l'arrière. Dès qu'il stoppe, d'autres enfants et des femmes accourent. Crochet en main, les trois gamins crient, agressent les nouveaux arrivés. De vrais chats sauvages. Ils défendent leur territoire : on était là avant! La benne s'élève, crache son monceau d'ordures, envoyant une vague de poussière sur le groupe. Pas un ne recule. Surtout pas. Il faut être aux premières loges, quand le camion sera parti, pour racler les immondices, trier ce qui pourra être revendu : os, résidus de charbon, boîtes de conserve, vieux ustensiles, tubes et bouteilles vides... Les femmes sont là avec leurs tout-petits, souvent leur dernier-né sur le dos. Beaucoup d'enfants ont travaillé à la décharge dès l'âge de cinq ans. Certains continuent d'y rester toute la journée, comme avant. Mais aujourd'hui, la plupart ne vont « aux ordures » que de cinq à huit heures du matin. Après, ils prennent le chemin de l'école, ouverte spécialement pour eux dans le centre social créé aux abords de la décharge par l'association du père Pedro.

– Un jour, assure l'un des élèves, la frimousse rieuse, on n'aura plus besoin d'aller travailler à la décharge.

Le rêve de tous, ici. Petits et grands.

– Quand on est venus ici, la première fois, en avril 1991, on n'en croyait pas nos yeux. C'était l'enfer! se souvient Jean-Boto.

Ce jour-là, il accompagnait Pedro. Une religieuse infirmière, sœur Marie-Bernadette, leur avait signalé qu'un enfant était malade, dans la décharge municipale, à trois kilomètres, de l'autre côté de la route nationale. Il y avait urgence. Jean-Boto et Pedro étaient venus le chercher pour l'emmener au dispensaire de Manantenasoa, le village reconstruit après l'incendie.

– Je ne croyais pas que des gens habitaient encore ici, au milieu des ordures, raconte Pedro. Ils avaient bâti leurs cabanes en trois points différents, à la limite du terrain de la décharge, si près des tas de détritus que les camions déchargeaient parfois les bennes devant chez eux. Pour les pauvres de la ville, la décharge constituait un gagne-pain possible et ils étaient venus s'y installer de plus en plus nombreux. Au début 1991, il y avait là environ trois cents familles. Elles sont trois cent cinquante aujourd'hui. Comment imaginer que des hommes, des femmes, des enfants puissent vivre dans des conditions pareilles? La misère, ici, était bien pire que celle de Manantenasoa. Les enfants mouraient en grand nombre : 2, 3, parfois 5, chaque semaine. Oui, chaque semaine...

» Quand j'ai proposé de les aider, les hommes m'ont répondu que je n'avais pas droit à la parole ici. Bien sûr, je n'étais pour eux qu'un *vahiny*. Plusieurs Européens étaient venus pour prendre des images de la misère afin d'apitoyer les gens sur leur sort : une fois partis, ils n'avaient rien envoyé de ce qu'ils avaient promis. Les *vahiny*? Tous des trompeurs! pensaient-ils. Alors, j'ai dit que j'étais prêtre et ils ont été plus conciliants. Mais je voyais bien que j'avais affaire à des gens qui ne croyaient plus à rien. Des " sous-hommes " en quelque sorte. Je sentais là-dedans une ambiance de violence, de haine, effroyable. Mais je ne pouvais tout de même pas rester sans rien faire.

Alors, comme d'habitude, Pedro a commencé à remuer ciel et terre pour trouver de l'aide :

– J'en ai parlé à mes amis français de Médecins sans frontières, Michel Fizbin et Éric Bertin, qui nous épaulaient déjà pour les dispensaires de Mantenasoa et de Antolojanahary. Ils sont venus voir et aussitôt ils ont donné leur accord pour ouvrir un autre dispensaire, ici. Je ne remercierai jamais assez cette grande organisation humanitaire qui nous a fait confiance et n'a pas hésité à travailler avec une petite association comme la nôtre.

» L'annonce d'un prochain dispensaire a été l'argument décisif pour convaincre les familles de la décharge. Encore une fois, c'est l'avenir de leurs enfants que j'ai fait valoir. A commencer par leur santé. Une école allait suivre. Ils ont commencé alors à nous prendre au sérieux.

Armand, aujourd'hui président des comités de la décharge, reconnaît :

– L'espoir a mis du temps à venir... Quand le père Pedro est arrivé, on était dans une telle merde, et depuis si longtemps! On vivait comme des parias, les gens des villages alentour nous traitaient en pestiférés, ils nous crachaient dessus. On n'osait pas aller à l'hôpital, on sentait trop mauvais. Même pour les naissances, les femmes avaient honte d'aller à la maternité parce qu'elles ne pouvaient pas se laver, alors elles accouchaient à la maison et ça ne se passait pas toujours bien. L'école? Pas question d'y envoyer nos enfants. D'abord, ils n'avaient pas de vêtements convenables et comment on aurait payé les frais de scolarité? Et puis, on avait besoin de main-d'œuvre, parce que ça ne rapporte pas gros, la décharge : cinq cents à mille francs malgaches (environ deux à trois francs français) pour vingt-quatre heures de travail, jour et nuit, d'une famille de quatre à cinq personnes. On était abrutis par ce boulot si dur.

Et pourtant, aujourd'hui encore, lorsqu'il en a fini avec ses tâches de président – organiser le travail collectif, notamment – Armand endosse ses défroques, prend son crochet et retourne sur la montagne d'ordures. Trente-huit ans, sept enfants, le sourire modeste, Armand est déjà un ancien de la décharge. Il est arrivé ici en 1969 – à quatorze ans – avec ses parents. Son père, ouvrier dans une entreprise de construction de routes, à Fianarantsoa, dans le Sud, venait d'être licencié. Ils avaient pris la route de Tana où le grand-père était employé de la voirie municipale : il surveillait la décharge publique.

– Elle était petite, à l'époque, se souvient Armand. On a été dans les premiers à y chercher des trucs qu'on pouvait revendre. Bien obligé, il n'y avait de travail nulle part. Puis on y a installé une cabane, afin de pouvoir travailler aussi la nuit, où les camions sont plus nombreux à décharger que le jour. Et on est restés... Quand le père Pedro a proposé de nous aider, ça faisait vingt-deux ans que je n'avais plus que la décharge pour seul horizon de ma vie.

La décharge, ses ordures, son odeur. Et ses cochons. Il y en a des centaines, de gros cochons noirs agressifs qui se précipitent derrière le déchargement des bennes, suivis d'une meute grouillante de cochonnets. Ces cochons appartiennent à des bouchers de la ville, qui les font élever dans la décharge. Leurs gardiens – les femmes et les enfants – gagnent l'équivalent de trois francs français par mois et par cochon.

– Mais attention, explique Armand, si un cochon détruit une récolte dans le voisinage, les dégâts sont à la charge de son gardien. Si un cochon crève, il doit en prendre un autre en garde gratuitement. La nuit, il faut rentrer les cochons. Aujourd'hui, on a fait des enclos exprès, mais avant on les rentrait dans la maison, il y avait seulement un petit muret, dans la pièce, qui nous en séparait...

Afin d'élargir le champ de leurs fouilles, certains travailleurs de la décharge ont creusé des galeries sous la montagne d'ordures, au niveau des premiers déchets entreposés là, il y a une vingtaine d'années, au temps où les fouilleurs étaient moins nombreux. A force de gratter le sol durci, ils parviennent à en détacher de vieux os, d'anciennes bouteilles ou boîtes de conserve. Mais en réalité, ce qu'ils cherchent, ce sont de vieux bijoux en or ou en argent, peut-être jetés ou égarés dans une poubelle, sait-on jamais... Pour mieux justifier le risque pris à s'engager sous ces galeries précaires, qui peuvent à tout moment s'effondrer sur eux, ils racontent qu'un jour quelqu'un a trouvé là une bague en or. On peut toujours rêver...

Armand et sa famille habitent l'une des cinquante-quatre maisons bâties en contrebas de la décharge, celles qui reçoivent le plus la fumée nauséabonde et la pousssière chargée de microbes, poussées par le vent d'est. Cinq de ses enfants sont morts là, de maladies respiratoires – lui dit « d'asphyxie » – et de diarrhées. Mais, pour les six enfants qui lui restent, aujourd'hui, Armand est à peu près tranquille. Bientôt, ils vont avoir une autre maison, comme ses cinquante-trois voisins. Leur hameau, trop malsain, va être déplacé là-haut, près du centre social d'Andralanitra. Le terrain a été donné à l'association par l'ancien propriétaire, M. Victor, soucieux de participer, à sa façon, à l'œuvre entreprise par Akamasoa.

Chaque famille a déjà délimité son emplacement et commencé à faire les briques. Leur maison, ils la voient déjà :

– En haut, ce sera les chambres pour les enfants, une pour les filles, une pour les garçons. Et on aura une douche!

Cette mère de famille n'ose encore y croire! Depuis ses débuts, l'association Akamasoa a déjà aidé quatre cents familles, comme la sienne, à construire leur maison.

– Ils y dépensent beaucoup d'énergie, remarque Pedro. L'intérieur de leur âme est évidemment plus lent à reconstruire. Mais, pour eux, bâtir une maison, c'est un premier pas vers une autre vie. Le vrai travail ne se voit pas avec les yeux.

L'emplacement du futur village ressemble à une fourmilière. On rassemble la terre dans un moule en bois à deux compartiments, on tasse, puis on va renverser le moule sur le terre-plein, et deux belles nouvelles briques vont sécher au soleil. Puis on recommence. Le plus acharné, c'est peut-être Joseph, père de douze enfants. Joseph est handicapé, ses jambes ne le portent plus, qu'importe : il se traîne sur le sol pour remplir le moule avec la terre boueuse. Il veut bâtir sa maison, lui aussi. Alors il essaie de battre son propre record : mille briques confectionnées avec sa femme, en une seule journée!

– Ces cinquante-quatre maisons seront construites pour durer! a décidé Pedro. Avec des tuiles pour le toit, avec les murs extérieurs en briques cuites. A cause des pluies, les maisons édifiées seulement en briques ordinaires de terre séchée s'effondrent au bout de trois ou quatre ans. Nous sommes obligés d'agir beaucoup dans l'urgence, à cause du nombre croissant des nouveaux arrivés, mais je voudrais que, de plus en plus, nous travaillions sur le long terme, sur le vrai développement. Ces pauvres, si courageux, méritent d'avoir de vraies maisons, comme tout le monde. Celles-ci auront quatre pièces, avec un étage, et, dans la cour, elles auront une douche et des W-C individuels.

... Si bien qu'aujourd'hui les habitants des villages environnants, ceux qui auparavant méprisaient les gens de la décharge, se mettent à les envier!

Pour Armand et ses voisins, il fallait agir vite. Leur santé, et surtout celle des enfants, était trop directement menacée par les poussières d'ordures.

Mais trois cents autres familles vivent, elles aussi, de la décharge et logent à proximité, dans des hameaux délabrés. La plupart des maisons ont été retapées, d'autres détruites afin de supprimer l'entassement infect des premiers temps, et reconstruites plus loin. Les équipes de travaux communautaires édifient un mur de séparation entre les maisons et les tas d'immondices. D'autres creusent des puits, installent des fontaines. Au centre social, il y a l'école, le dispensaire, bientôt une crèche... L'ensemble est géré par les habitants eux-mêmes. Peu à peu, avec l'aide financière des missions lazaristes notamment, les conditions de vie s'améliorent.

– Évidemment, ça irait plus vite si on avait davantage de moyens! admet Pedro.

Midi. Assises à l'ombre, le long du mur du centre, des femmes attendent la distribution de riz qui rétribue le travail communautaire de la journée. En face, sur le terre-plein, une douzaine de jeunes garçons se renvoient un ballon, guettent la passe, se passionnent pour la partie. Romain, le volontaire d'Akamasoa responsable du sport – il jouait au foot avec Pedro à Vangaindrano! –, a un grand projet : il va former une équipe de foot avec les jeunes de la décharge. Ils disputeront des matches avec d'autres collectivités. De leur côté, Monique et Emmanuelline, les deux responsables du centre d'Andralanitra, ont repéré parmi ces jeunes des musiciens qui savent jouer des instruments traditionnels. Avec eux, l'association va organiser des animations culturelles ici et dans les autres villages d'Akamasoa. Leur but?

Favoriser l'insertion des jeunes de la décharge dans la vie sociale, bien sûr, mais aussi les détourner de l'alcool et de la drogue.

Cet après-midi, dans l'école d'Andralanitra, réunion des parents d'élèves avec les instituteurs et les responsables d'Akamasoa. Oublié, pour un temps, le travail harassant de la décharge. Pères et mères sont là, avec leurs pantalons et leurs robes rapiécés, leurs pieds nus pleins de boue. Mais attentifs à ce qu'on dit de l'éducation de leurs enfants.

Après les instituteurs, Pedro prend la parole. Et fait la grosse voix :

– Je ne veux plus voir des enfants qui vont travailler à la décharge après l'école! Nous leur donnons à manger le midi, vous pouvez vous charger de leur nourriture du soir.

Puis il enchaîne sur un problème crucial ici : le nombre de naissances. En vingt ans, la population malgache a doublé. Comme partout dans le tiers monde, les familles les plus démunies ont beaucoup d'enfants : six à huit, en moyenne. De là à rendre cette natalité prolifique, responsable, en partie, du sous-développement du pays, comme le font certains Occidentaux en poste à Tana... Le père Pedro n'est pas d'accord :

– Ce n'est pas en imposant la limitation des naissances à tout prix que l'on résoudra les problèmes économiques de Madagascar. Plus un pays se développe et moins ses habitants font d'enfants, c'est bien connu, voyez ce qui se passe en Occident. Ici, les gens ne sont pas plus fous qu'ailleurs. Réduisons d'abord la misère, et la natalité se réduira elle aussi.

Sujet épineux, donc. Le père Pedro commence par plaisanter :

– Si vous continuez de faire tellement d'enfants, il va nous falloir ajouter deux ou trois étages à notre école!

Et il propose, d'un ton faussement naïf... que les hommes couchent dans une pièce et les femmes dans l'autre!

Tout le monde s'esclaffe, les rires n'en finissent pas. Le père devient plus sérieux : il annonce qu'un couple de médecins va bientôt venir pour les informer sur le planning familial et ajoute en riant :

– Ça, ce n'est pas mon rôle!

Les applaudissements spontanés qui couvrent sa voix ne l'étonnent pas. Ces gens-là savent ce qui est bon pour eux. Debout au milieu de ces femmes et de ces hommes qui ne le quittent pas des yeux, Pedro insiste, avec de grands gestes convaincus :

– Vous ne devez pas avoir honte de travailler à la décharge. Parce que c'est votre gagne-pain. Votre dignité humaine est entière. Vous le prouvez en venant à cette réunion pour l'avenir de vos enfants. Mais un jour viendra où nous trouverons pour vous d'autres travaux pour gagner votre vie. Alors vous n'aurez plus besoin d'aller travailler à la décharge.

Ce n'est pas demain la veille, tout le monde le sait ici. Mais, au moins, l'espoir d'une vie meilleure est permis.

9

Ô Argentina, tierra mia!

A Tana, on évite plutôt de passer par cette rue-là. D'un côté, les rails d'une ligne de chemin de fer désaffectée : des adolescents en loques y allongent leur insolence revenue de tout. Plus loin, le canal où les microbes mijotent dans l'eau stagnante. De l'autre côté : le mur de l'hôpital Ravoahangy auquel s'adosse un alignement de cahutes informes, un amas de chiffons, de plastique, de tôles rouillées, de tout ce qui peut colmater les brèches contre le vent et la pluie.

Rien n'a changé depuis que Pedro s'est arrêté ici, pour la première fois, en 1990. Ce ne sont plus les mêmes gens – d'autres sans-abri ont pris la place de ceux qu'il a emmenés dans les villages de l'association – mais c'est la même misère, le même dénuement, les mêmes regards défaits, méfiants, sur le qui-vive, ou dans le vague d'une ivresse chancelante.

Les marginaux font toujours peur aux braves gens. Les miséreux encore plus. Surtout ceux qui ne ressemblent en rien aux clichés du « pauvre » gentil et méritant. Il en est ainsi à Madagascar comme dans les rues de nos grandes villes occidentales.

Pas tellement facile de descendre sur ce trottoir, d'aller parler avec ces gens dont certains n'ont vraiment pas l'air engageant, de se laisser agripper par ces mains quémandeuses, d'affronter bien en face ces graines de violence au comportement sournois ou belliqueux... Il en faudrait d'autres pour retenir Pedro. D'abord, s'il vient leur parler, c'est pour les convaincre de venir se « reconstruire une autre vie » à Manantenasoa, dans l'intérêt de leurs enfants. De toute façon, Pedro se trouve au milieu d'eux comme un poisson dans l'eau. A l'aise. Il n'a pas son pareil pour décoincer un accueil réticent, prêter une oreille patiente aux élucubrations d'un ivrogne, montrer – gentiment – qu'il n'est pas dupe des « couleuvres » qu'on cherche à lui faire avaler.

– Je les comprends d'instinct, reconnaît-il. Je sens en moi une complicité avec les gens marginalisés. Même avec les voyous. Les aborder ne m'est pas difficile. Cela me vient sûrement de mon enfance... J'étais très indépendant, indiscipliné, un vrai chenapan. Avec mes copains, on faisait des tours pendables. Mon père a dû sévir plus d'une fois. Il m'administrait des roustes méritées. J'aurais très bien pu continuer sur cette pente-là. C'est bien la preuve que les gens peuvent changer, devenir meilleurs! Et qu'il faut toujours avoir foi en l'homme. Entre le bien et le mal, on navigue parfois sur le fil du rasoir. Je sais qu'avec ma force physique, mes capacités à me débrouiller, avec mon énergie, j'aurais été redoutable du côté du mal. Une chance, pour moi, que Dieu m'ait fait basculer de l'autre côté!

Ce petit garçon blond, solide, qui avance dans la rue de Caseros, une banlieue de Buenos Aires, d'un pas résolu, son bâton haut levé, c'est Pedro Pablo Opeka. Il a six ans. La semaine sainte approche et sa maman vient de lui raconter la passion de Jésus-Christ. Ni une ni deux, Pedro va au fond du jardin, s'empare d'un bout de bois et se précipite dans la rue, l'air décidé.

– Où vas-tu comme ça? demande sa mère.

– Je vais chercher les gens qui ont tué Jésus!

L'action, déjà!

Pedro n'a aucun souvenir de cette anecdote. Mais sa mère se souvient, elle, du mal qu'elle a eu à raisonner son justicier en herbe. Et lorsque son prêtre de fils lui raconte aujourd'hui son combat pour plus de justice envers les pauvres, elle repense souvent à son petit bonhomme, ce jour-là, dans la rue de Caseros...

A cette époque-là, Marie et Louis Opeka sont en Argentine depuis six ans. Pedro, leur second enfant, est né ici, deux mois après leur arrivée dans le pays. Ils ont débarqué à Buenos Aires avec un bateau chargé d'émigrants européens, en avril 1948. Ils sont slovènes et ont dû fuir le régime communiste de leur pays qui pourchassait les chrétiens refusant de renier leur foi. Réfugiés en Italie, Marie et Louis sont restés là, dans un camp de la Croix-Rouge, pendant deux ans, à attendre qu'un pays veuille bien les accueillir. Les États-Unis, le Canada n'acceptent que des célibataires. Or eux, ils sont mariés et ils ont déjà une petite fille d'un an, Bernarda. Un jour, la bonne nouvelle arrive : un bateau va partir pour l'Argentine, « le seul pays à l'accueil assez généreux pour recevoir aussi des familles », souligne aujourd'hui Pedro. Le couple s'inscrit pour le voyage. Marie se trouve enceinte d'un deuxième enfant, mais tant pis. Louis, maçon de son métier, est confiant : partout, on a besoin de construire des maisons. Avec sa femme, il est prêt à travailler dur pour mener enfin une vie digne, en sécurité.

– En arrivant en Argentine, mes parents n'avaient pas un sou, raconte Pedro avec émotion. Ils ont connu les difficultés de tous les immigrés, dans un pays dont ils ne parlaient pas la langue. Le mépris, l'exploitation, la précarité. Le travail de mon père les obligeait à suivre les chantiers. Quand ma mère est allée à l'hôpital pour me mettre au monde, elle ne savait pas s'expliquer, on l'a mise dans une chambre sans plus s'occuper d'elle. Quand elle a senti que le moment de la naissance allait survenir, elle s'est traînée dans le couloir pour chercher de l'aide, mais comme l'infirmière ne la comprenait pas, elle l'a renvoyée en l'engueulant. Je suis né une heure après.

» L'exclusion, j'ai connu ça très tôt! La pauvreté aussi. Pas étonnant que je me sente d'égal à égal avec les déshérités. J'appartiens à ce peuple. Je suis des leurs.

» Nous étions très pauvres, cependant, à la maison, nous avons toujours mangé à notre faim. Pour le reste, les vêtements, les chaussures, il ne fallait pas faire le difficile. Dans les débuts, nous habitions de petits logements de deux pièces, nous dormions tous dans la même chambre. Mais on n'était pas malheureux. Entre nous, il y avait beaucoup d'affection, on se serrait les coudes.

Le premier souvenir de Pedro? Un train. Un train chargé de gens enthousiastes, qui se dirigeaient en riant et en chantant vers la capitale : le président argentin Juan Perón, cherchant à consolider son pouvoir, rameutait alors la classe ouvrière de toutes les villes du pays pour venir le soutenir dans ses meetings politiques. Quoi d'étonnant à ce que le petit Pedro soit fasciné par ces démonstrations exubérantes qui ne pouvaient témoigner, pour lui, que d'une ardente conviction?

1955. La famille Opeka a quitté le quartier Caseros pour celui de Ramos Mejia, à la limite de la banlieue de Buenos Aires. Louis, le père, vient d'y trouver du travail. Avec son fils – Pedro a sept ans – il construit une petite baraque aux abords d'un terrain vague. Le huitième enfant va bientôt naître.

Aujourd'hui, plus de terrain vague, Ramos Mejia est un quartier de Buenos Aires et la ligne de chemin de fer se trouve cachée derrière les maisons d'alentour. La « petite baraque », agrandie chaque année d'une pièce supplémentaire, est devenue une maison agréable où habitent toujours Louis et Marie Opeka.

A l'époque, la ligne de chemin de fer, en bordure du terrain vague, est un centre d'intérêt prodigieux pour le petit garçon qui ne rêve que plaies et bosses, aventures et horizons lointains. Avec ses copains du quartier, des enfants d'immigrés italiens et des Argentins, il guette les trains de marchandises. Les wagons roulent si lentement que les garnements ont le temps d'y grimper. Ils « voyagent » ainsi pendant trois ou quatre kilomètres, puis sautent sur le ballast et reviennent à pied. Ces jours-là, bien sûr, ils sèchent l'école. L'élève Pedro n'a rien d'un écolier modèle. Et bagarreur, avec ça. Est-ce parce qu'il veut toujours avoir raison? Non : il a tout simplement besoin de la bagarre pour la bagarre, pour dépenser un trop-plein d'énergie. A tel point qu'il est renvoyé de deux établissements scolaires. Embarras des parents. Que faire de ce gamin si indiscipliné, si remuant? Louis décide de l'emmener avec lui sur les chantiers, les jours sans école.

Si ce n'était l'obligation de porter des briques ou de manier la truelle pendant que ses copains s'amusent, Pedro serait ravi. Son père l'emmène le matin sur sa bicyclette. Rouler, quelle ivresse! Mais le moment que préfère l'apprenti maçon, c'est l'heure du casse-croûte. Les ouvriers, réunis autour d'un brasero, font cuire l'*asado,* cette viande grillée typique de l'Argentine. Un vrai régal et un grand moment de bonheur, qui console le gamin des aléas de la maçonnerie. D'ailleurs, quand son père a le dos tourné, il lui arrive d'avancer subrepticement le réveil d'une heure. Gare à la trempe lorsque son père découvre le pot aux roses! Pedro trouve ce travail vraiment trop dur. Il n'en admire que davantage son père auquel il porte un profond attachement. Peu à peu, l'enfant se prend au jeu et commence à se débrouiller. A treize ans, il sera capable de monter un mur et d'étaler l'enduit, presque comme un « pro ».

Chaque année, à l'approche des grandes vacances scolaires, Pedro ne tient plus en place : avec sa mère et ses frère et sœurs, ils s'en vont vivre pendant deux mois à Miramar, un village au bord de la mer, à quatre cent cinquante kilomètres au sud de Buenos Aires.

Lorsque le couple Opeka est arrivé en Argentine, Louis a été embauché sur un chantier, près de Miramar. Il a construit une petite maison pour loger sa famille. A la fin du chantier, il a fallu partir vers la capitale pour trouver un autre travail. Mais Louis et Marie ont gardé la maisonnette. Et depuis, chaque été, la famille prend le train de Miramar avec les matelas, le linge, la batterie de cuisine, pour douze heures d'un voyage homérique. Et deux mois de bonheur pour Pedro. Deux mois de vie sauvage, en pleine nature, à courir dans la forêt, grimper aux arbres, jouer à Robin des Bois avec Bernarda, Helena, et Mariana, ses trois sœurs les plus proches. Un an seulement les sépare les uns des autres. Souvenirs impérissables d'une enfance heureuse, entourée de l'affection des parents, de la complicité de sœurs avec lesquelles il se bagarre, bien sûr, mais si tendrement aimées.

Reste le problème de l'école...

A Buenos Aires et dans les environs, de nombreux immigrés slovènes se sont installés. Ils y ont reconstitué de petites communautés chrétiennes autour de leurs prêtres qui ont édifié des églises et des établissements scolaires. Louis et Marie Opeka, fervents catholiques pratiquants, sont parmi les plus fidèles paroissiens des pères lazaristes slovènes. Aussi, lorsque ceux-ci leur proposent d'inscrire Pedro dans l'école primaire qu'ils viennent d'ouvrir à Lanus, un quartier de Buenos Aires à forte proportion slovène, les parents ne demandent pas mieux. Si seulement les pères lazaristes pouvaient mettre un peu de plomb dans la cervelle de leur fils! A condition cependant que l'intéressé, qui vient d'avoir ses dix ans, soit d'accord.

D'accord, Pedro? Plutôt deux fois qu'une! Il saute d'enthousiasme. Partir de la maison, quelle aventure! Être pensionnaire, quelle nouveauté! Voir de nouvelles têtes, connaître un autre horizon que celui du quartier de Ramos Mejia, vivre autrement!

Les pères lazaristes ont loyalement prévenu : l'éventualité, pour les élèves, de devenir prêtre n'était pas écartée. Louis et Marie ont échangé un sourire de connivence : leur garnement de Pedro devenir prêtre? Il est certes assidu au chapelet que récite la famille chaque soir, il accompagne volontiers sa maman dans les pèlerinages annuels qu'elle accomplit avec dévotion à la basilique de Notre-Dame de Lujan, de là à envisager qu'il rentre un jour dans les ordres!... Pedro, prêtre? Ils seraient curieux de voir ce que ça donnerait! Pour tout dire, ils n'y pensent pas un seul instant. Pedro non plus.

Les deux premières années à l'école de Lanus sont loin d'être l'éden convoité. Le caractère indiscipliné et turbulent de l'élève Pedro Opeka se heurte à la rigueur éducative slovène des bons pères lazaristes. Et puis, Lanus est loin de Ramos Meija, de l'autre côté de Buenos Aires. Pedro ne peut rentrer chez lui que lors des vacances. Sans doute, ici, est-il mieux logé, mieux nourri, mais l'ambiance chaleureuse de la famille lui manque. Quand sa mère vient le voir, en fin de semaine, il la regarde repartir le cœur serré, les larmes aux yeux.

Cependant, peu à peu, Pedro commence à se plaire à Lanus. Intelligent, l'esprit vif, il prend goût aux études. Il s'initie surtout aux joies du sport, qui fait désormais partie de l'enseignement. Il se lance à corps perdu dans la pratique régulière du foot. Ah, le foot! Le meilleur moyen pour réguler son énergie débordante, sa violence contenue. Une vraie passion. Et, chez lui, un talent évident qu'encouragent ses professeurs.

Onze ans, douze ans, treize ans... Peu à peu Pedro s'est assagi, il accepte mieux la discipline. A l'école de Lanus, il commence à découvrir l'Évangile et la force de la prière. La messe quotidienne devient un important rendez-vous avec Dieu. La personnalité de Jésus, surtout, le captive : ce Dieu fait homme qui partage la vie des gens les plus humbles, sans jamais chercher la gloire ou la notoriété, qui ne mâche pas ses mots devant une injustice ou une intolérance, et qui laisse les puissants le mettre en croix, comme un voleur, pour sauver les hommes... Les miracles de Jésus le laissent plutôt froid. En revanche, son humilité le touche au cœur. Pedro voudrait tant imiter ce Jésus-là.

Il a quatorze ans lorsque, pour la première fois, une idée bizarre lui vient : « Et si Dieu m'appelait à devenir prêtre? » Il en est le premier étonné.

C'est comme une sorte d'appel, un appel qui fait son chemin dans ses pensées. A quinze ans, il décide lui-même de continuer ses études à l'école apostolique – le « petit séminaire » – à Escobar. Les parents Opeka sont heureux et fiers du projet de leur fils, mais ils voudraient être assurés qu'il est au clair avec sa vocation naissante : n'aurait-elle pas été plus ou moins « programmée » par les études chez les pères lazaristes? Non. C'est un libre choix. Un choix qui se précise de plus en plus, non seulement à l'évocation du comportement et des actes de Jésus, mais à la lecture de ses paroles. Surtout lorsqu'elles concernent les pauvres : « Ce que vous ferez au plus petit d'entre les miens... »

Il faut que la vocation du jeune Pedro soit bien accrochée pour résister à la nostalgie qui marque, pour lui, les deux années passées au petit séminaire d'Escobar. Il raconte :

– Escobar était à soixante kilomètres de Buenos Aires. Encore plus loin que Lanus. J'avais l'impression d'être coupé de tout. En dehors de la vie, en dehors du monde. La sensation d'être enfermé! Mais enfermé!... Il y avait un train – là aussi! – qui passait près de l'école, j'apercevais des voyageurs à l'intérieur; je me disais : voilà des gens libres, libres d'aller ici et là. J'étais pris d'une nostalgie de liberté! En plus, dans cette école, nous étions plus nombreux qu'à Lanus, une bonne centaine, des Argentins qui venaient d'autres régions du pays, des Guaranis qui jouaient la musique du littoral argentin, une musique triste, mélancolique, qui me déchirait encore plus le cœur...

» J'étais très marqué par le tempérament argentin que j'avais beaucoup côtoyé dans mon enfance : l'insouciance, cette façon exubérante d'exprimer les sentiments. A Escobar, on me reprochait souvent cette face de mon caractère. Cela ne les empêchait pas de me désigner comme responsable des étudiants... En fait, je les “ dérangeais ”, ils ne pouvaient me coller aucune étiquette. Je sentais en moi le côté sérieux, réfléchi du caractère slovène, et en même temps la joie de vivre, l'enthousiasme du côté argentin. Pour moi, les deux avaient leur valeur. Je refusais de me laisser embrigader d'un côté ou de l'autre. Je voulais être libre de choisir ma façon d'être, d'aborder la vie et les gens.

Et pourtant, sur la centaine d'élèves assis avec lui sur les bancs du petit séminaire, au long de ces deux ans, Pedro est l'un des trois seuls à être devenus prêtres.

Peut-être, plus que les autres, a-t-il été sensible à l'histoire de ce drôle de bonhomme que fut le fondateur de la congrégation des missions lazaristes, saint Vincent de Paul. Un sacré révolutionnaire, celui-là, dans l'Église de son temps, au XVIIe siècle! Un homme qui se réfère à l'Évangile pour affirmer : tout homme est mon frère. Mon frère est le pauvre, l'exclus, le rejeté, l'enfant abandonné, le galérien, le malade, le fou. Un prêtre qui met tout en œuvre pour que ce frère-là soit respecté, qu'il puisse mener une vie digne, entendre la Parole de Dieu et sauver son âme. Encore aujourd'hui, le père Pedro est un inconditionnel de Vincent de Paul :

– Un homme de cœur, bien sûr, mais aussi un homme d'action et de bon sens. Avant lui, les prêtres se préoccupaient peu des déshérités. Entrer dans le clergé était pour eux un moyen d'acquérir une bonne et fructueuse position sociale, ils prêchaient surtout pour les riches. Vincent de Paul, lui, leur a balancé que le devoir de l'Église était de s'engager dans la lutte contre la misère. Que, dans le service de Dieu, l'assistance aux pauvres passait avant la pratique de la piété. Parce que c'était " quitter Dieu pour Dieu ". " Si un pauvre frappe à ta porte, même si tu es en train de prier, vas-y, c'est Dieu qui t'appelle. " Je me nourrissais l'âme de ces paroles.

» Adolescent, déjà, j'admirais beaucoup ce saint homme, si courageux. Plus tard, j'ai réalisé que son courage résidait surtout dans le fait de s'engager dans l'action envers les pauvres, sans se préoccuper des moyens nécessaires pour la mettre en œuvre. Pour cela, il comptait sur l'aide de Dieu. Sur la Providence. Cette façon d'agir m'a " emballé ". A la fin de sa vie, saint Vincent de Paul a même dit : " La vraie sagesse consiste à suivre pas à pas la Providence. "

Que fait-il d'autre, aujourd'hui, l'ancien adolescent d'Escobar?

En 1966, Pedro quitte l'école apostolique d'Escobar pour le noviciat de San Miguel, dans la banlieue de Buenos Aires, où il doit poursuivre ses études de séminariste. Avant ce grand tournant, il demande à se joindre, pendant les vacances, à un groupe d'universitaires qui se rendent dans la cordillière des Andes afin d'aider la population la plus déshéritée d'Argentine : les Indiens Mapuches. Pour la première fois, Pedro se trouve directement plongé dans l'extrême dénuement. Le fond de la misère humaine.

– Là-bas, se souvient-il, je me suis rendu compte de l'injustice historique subie par ces pauvres Indiens d'Amérique du Sud. Les généraux argentins les ont pourchassés, massacrés et refoulés jusque dans ces hautes montagnes. Ceux qu'ils n'ont pas tués, ils les ont laissés crever là, manquant de tout. J'étais révolté. Intolérable misère! Pendant un mois, nous avons vécu auprès d'eux, partagé leurs difficultés, essayé de les dépanner. Ce séjour auprès des Indiens Mapuches a renforcé mon projet de devenir prêtre missionnaire. De consacrer ma vie aux populations les plus démunies de la planète. Déjà, je pensais à Madagascar. La congrégation lazariste demandait des volontaires pour animer des paroisses là-bas. Évidemment, je pouvais rester en Argentine. Il ne manque pas de pauvres en Amérique du Sud! Mais, dans le pays, beaucoup de chrétiens compétents s'occupaient déjà de leur évangélisation et de leur développement. Ma véritable vocation allait vers les plus pauvres encore, ceux du tiers monde. Une terre de mission est souvent une terre de misère.

A son retour, Pedro, impatient, compte les jours qui le séparent de l'entrée au noviciat de San Miguel. Le grand moment arrive. Le nouveau séminariste franchit le seuil de l'établissement avec allégresse. Le voilà dans la ligne droite menant à la prêtrise! Le voilà qui se rapproche de son idéal de vie!

L'allégresse du néophyte est d'autant plus forte que le contexte ecclésial de cette année 1966 se trouve bouleversé par les innovations du concile Vatican II. A San Miguel, les séminaristes se plongent avec passion dans la lecture des documents *Gaudium et Spes* et *Lumen Gentium.*

– Quelles paroles de vie! se souvient Pedro. Une Église nouvelle s'ouvrait au monde, devenait un ferment d'évolution. L'Église était la seule à dépasser les problèmes de la politique corrompue, et à donner aux innombrables pauvres d'Amérique latine un souffle de vie, un souffle de dignité, un souffle de réhabilitation, de résurrection. Ce réveil de l'Église était pour nous, futurs prêtres, un espoir formidable. Église. Ce mot prenait alors une telle force! Nous connaîtrions, plus tard, les lourdeurs de l'institution. Pour le moment, nous étions en pleine euphorie.

Étudier, c'est bien, mais l'action est déjà, pour Pedro, l'indispensable complément de la réflexion. Avec quelques copains séminaristes, il commence à mettre en pratique les enseignements de Vatican II. Chaque dimanche, ils vont passer l'après-midi dans les bidonvilles de la capitale où s'entassent les sans-abri et les émigrants des pays voisins, Paraguay, Uruguay, Chili. Ils parlent avec eux, leur donnent un coup de main. Mais cela ne suffit pas à Pedro. Il lui faut agir. Deux familles ont besoin d'un toit. Pourquoi ne pas leur construire une maison? Si elle est édifiée dans la nuit, sur un terrain de l'État, les locataires ne peuvent en être délogés, c'est la loi. Mais pour cela, Pedro et ses copains ont besoin d'aller au service du cadastre se renseigner sur les terrains de l'État disponibles, et d'être sur place dès le samedi. Or, le seul jour de sortie autorisé est le dimanche. Démarche auprès du directeur du noviciat pour obtenir la permission du samedi. Pas question, répond le supérieur. Le règlement c'est le règlement : le dimanche et c'est tout.

Mais, quand Pedro a une idée en tête, difficile de le convaincre d'y renoncer, à coup de règlements. Il insiste, évoque la défense des plus pauvres, saint Vincent de Paul et concile à l'appui. Ses arguments sont si persuasifs qu'il obtient l'autorisation demandée. Les deux maisons sont construites du jour au lendemain.

Le noviciat, ce serait bien, sans la soutane. Parce que les séminaristes de San Miguel portent la longue robe noire. Au début, la soutane, symbole du passé de l'Église, signe distinctif du commun des mortels, ne déplaît pas à la fierté du futur prêtre. Mais, peu à peu, le port de cet uniforme le gêne. Dans la rue, les anticléricaux se moquent de lui, le traitent de « corbeau ». Et puis, ce n'est vraiment pas pratique pour faire de la bicyclette, il faut replier les pans de la soutane, les retenir dans la poche. Mais surtout, cette fichue soutane lui apparaît de plus en plus comme une barrière entre lui et les pauvres des bidonvilles. Elle empêche un contact spontané, direct, normal.

– Les gens m'appelaient " mon père ", mais je n'étais pas encore prêtre, je n'en avais que l'habit. Cela me mettait mal à l'aise. Pour ceux qui se préoccupent de prestige, la soutane facilite les choses. Les gens vous gratifient de certains privilèges et, si l'on est assoiffé de prestige, de renommée, on tombe tout droit dans le piège du " paraître ". Quand j'ai quitté le noviciat, j'ai laissé tomber la soutane. Je ne l'ai jamais remise.

A la fin de son noviciat, Pedro va passer un mois auprès des Indiens Matacos, à la frontière bolivienne. Un mois à côtoyer à nouveau l'extrême dénuement de la population indienne. Un mois à se dire que, décidément, non! jamais il ne s'habituera à l'injustice d'une telle misère. Que ça vaut le coup de s'engager corps et âme pour la combattre. Au nom de l'Évangile.

20 août 1968. Le port de Buenos Aires. Un premier avertissement de sirène, puis un second. Au troisième coup de sirène, le bateau s'ébranle, s'éloigne du quai. En bas, les familles agitent les bras, les mouchoirs, dans les cris et les larmes. Moment d'intense émotion. Pedro quitte pour la première fois l'Argentine. Le navire vogue en direction de l'Europe. Port de débarquement : Naples, en Italie. De là, Pedro gagnera la Slovénie, berceau de sa famille. Il a décidé de faire ses deux années de philosophie à la faculté catholique de Ljubljana, la

capitale slovène. Un ami séminariste, Rado, lui aussi d'origine slovène, l'accompagne. Ils se retrouveront tous les deux, plus tard, à Madagascar, une fois devenus prêtres, dans la province de Vangaindrano, où Rado a été nommé curé d'une paroisse de brousse.

Pedro a hâte de connaître le pays de ses ancêtres. Mais pour l'instant, ce départ est pour lui un vrai déchirement. Quitter sa famille pour plusieurs années, c'est déjà triste, même pour suivre sa formation de prêtre. Mais quitter l'Argentine! Il s'aperçoit à quel point il est attaché à ce pays, combien il s'y sent profondément enraciné. Il s'écarte un peu de la foule des passagers et, sur le cahier où il tient son journal, il laisse déborder sa nostalgie :

« Ô Argentina, tierra mia – écrit-il, avec le lyrisme de ses vingt ans –, l'heure de t'abandonner, de m'éloigner de toi est arrivée. Toi qui as été le lieu de toutes mes joies, de tous mes rêves, toi qui m'as guidé sur le bon chemin. Combien je te regretterai, là-bas, si loin! Mais je reste le fils de ta terre. Où que je vive, je ferai honneur à mon pays, Argentina, tierra mia. »

Au large du Portugal, apparaissent les côtes de l'Europe. Voilà enfin le vieux monde, le berceau de la civilisation! Rien de mieux pour rafraîchir les études d'histoire! Pedro approche de ce continent inconnu avec un enthousiasme émerveillé. Mais à l'escale, lorsqu'il descend sur les quais du port de Lisbonne avec son copain Rado, la première personne qui lui adresse la parole, c'est un mendiant qui tend la main. Naïve stupeur de l'étudiant argentin : ainsi, la pauvreté existe ici aussi? Dans l'esprit de Pedro, l'Europe bascule soudain de son piédestal.

Après Naples : Rome. Étape obligée de la ferveur catholique. Assis sur les marches de la basilique Saint-Pierre, les deux séminaristes regardent, ébahis, passer devant eux des représentants de tous les peuples de la terre. Leur cœur se gonfle de fierté : ils appartiennent à cette Église universelle, qui rallie dans une même foi des gens de toutes les races, de toutes les nationalités. Merci mon Dieu!

Une audience auprès du pape Paul VI met un point d'orgue à leur visite en Italie. Les voilà prêts pour deux années de philosophie. Et la Slovénie.

10

La foi est liberté

SLOVÉNIE! Pays presque mythique à force d'en avoir entendu parler depuis l'enfance. Pour Pedro, voilà venu le moment du retour aux sources, aux racines. De retrouver les lieux du drame vécu par son père, par son grand-père maternel, par toute sa famille.

Anton, le grand-père, un sacré bonhomme! Une figure, dans son village. Un paysan intelligent, qui savait parler de Dieu comme personne. Grand, sec, la moustache en bataille, la parole drue, il avait pendant la guerre tenu tête aux communistes. Ceux-ci, profitant de leur titre de « partisans », cherchaient à éliminer les chrétiens actifs et pratiquants qui représentaient un sérieux obstacle à leur propagande.

Un groupe de communistes arrive, un jour de 1943, dans le village où Anton – il a cinquante-cinq ans et dix enfants – est bien connu pour ses convictions chrétiennes. Des convictions qu'il affirme haut et fort, malgré le danger. Les hommes veulent l'emmener dans la forêt, sous prétexte de le soustraire aux représailles des occupants allemands. Mais

Anton n'est pas dupe. De plus en plus de chrétiens disparaissent. Devant tout le village réuni, il tonne :

– Vous voulez m'emmener dans la forêt pour me tuer, comme vous avez tué les autres chrétiens, voilà la vérité! Si vous voulez m'emmener, tuez-moi d'abord, ici. Mais, moi vivant, vous ne m'emmènerez nulle part. Avant de me tuer, laissez-moi faire une dernière prière à la Vierge.

Et, tournant le dos à ceux qui le pourchassent, il va s'agenouiller devant un oratoire, à l'entrée du village, où il prend le temps de réciter son acte de contrition. Puis il se relève et dit :

– Voilà, tuez-moi, maintenant. Ici.

Les partisans communistes n'en reviennent pas.

Ils ont bredouillé que cet homme-là n'était qu'un vieux fou et s'en sont retournés. Mais, au bistrot du village voisin, ils ont raconté qu'il y avait là-bas un paysan qui n'avait peur de rien. « Un homme de fer », ont-ils précisé. Le surnom est resté à Anton. Même sous le régime communiste, il n'a pas hésité à proclamer une foi inébranlable.

Pedro a toujours été fier de son intrépide grand-père. Il est encore plus fier, peut-être, du courage avec lequel son père a affronté la pire des épreuves. En Slovénie, encore, juste après la guerre...

1945. Tito, le leader communiste, veut intégrer la Slovénie – rattachée à la Yougoslavie en 1918 – dans la république fédérative populaire qu'il souhaite constituer. Mais les catholiques, nombreux dans ce pays, refusent le joug communiste qui a déjà commencé à éliminer les militants chrétiens engagés dans les paroisses. Louis Opeka, trente-deux ans, fait partie des opposants qui se battent au nom de leur foi. Mais leurs moyens de défense sont trop faibles, ils sont contraints de passer en Autriche, occupée à l'époque par les armées alliées. Celles-ci les accueillent à bras ouverts, leur promettant l'aide indispensable à la reconquête de leur pays. Las! les alliés ont passé un accord secret avec Tito : les opposants slovènes seront échangés contre la restitution du territoire de Trieste et le sud de l'Autriche. De retour en Slovénie, Louis Opeka et ses amis sont encerclés par les forces communistes, désarmés et envoyés dans des camps de concentration à l'intérieur du pays. Chaque nuit, des prisonniers sont emmenés pour être fusillés. Dans le camp de Teharje, Louis retrouve sa mère, sa sœur, son frère. Les uns après les autres, il les voit partir dans les camions. Au loin, on entend le bruit de fusillades. Personne ne revient de telles expéditions. Vient le tour de Louis. Les soldats l'attachent et le poussent avec d'autres dans le camion. Il arrive à se libérer de ses liens. Ses gardiens s'en aperçoivent, le tabassent et resserrent les cordes. Louis sait qu'on le mène à la mort. Mais il n'est pas décidé à se laisser faire sans réagir. Par trois fois, il desserre ses liens. Par trois fois, ses gardiens serrent encore plus fort. Les prisonniers descendent du camion aux abords d'une mine désaffectée, creusée de cratères géants. Ils sont poussés à coups de crosse, à coups de pied, jusqu'en haut du trou. Là, par vagues successives, les captifs sont exécutés d'une rafale de mitraillette. Avant de grimper la colline de poussier, Louis est attaché par les poignets avec un autre prisonnier. Comme cela, il ne pourra pas s'enfuir. C'est mal connaître Louis Opeka. Après une ardente prière à la Sainte Famille il parvient, dans un effort surhumain, à dégager une main. Les gardiens, qui surveillent de près le rebelle, s'en aperçoivent. Hurlements, coups de bottes. Louis se débat de plus belle, réussit à libérer son autre main. Le codétenu de Louis tombe sur lui. C'est cet homme qui reçoit les balles destinées au fuyard. Sous le corps inerte de son camarade, Louis, miracle, n'est pas touché. Il se précipite dans la descente mais il se prend le pied dans une branche et se met à débouler la colline. Au-dessus de lui claquent les rafales de mitraillette. S'il était resté debout, il aurait été fauché. En bas de la côte, il se tient là, sans bouger. Là-haut, les soldats croient l'avoir abattu. Louis se tâte. Non, il n'a pas été blessé. Mètre après mètre, avec mille précautions pour ne pas faire de bruit, il se traîne sur les coudes à travers les taillis.

Il restera caché trois semaines dans la forêt avant de regagner la frontière italienne. C'est là, dans le camp de réfugiés de Senegaglia, qu'il rencontrera Marie Marolt et la prendra pour épouse. Trois ans plus tard, peu après leur émigration en Argentine, naît le petit Pedro.

Et le voilà, le rejeton du héros slovène, qui arrive à Sezana, la ville frontière entre l'Italie et la Slovénie. Là-bas, il aperçoit des montagnes, des forêts de pins, de vastes prairies verdoyantes. Un pays magnifique, exactement comme on lui avait décrit sa chère Slovénie. Une fois passé la frontière : douche froide.

Les pays de l'Est sont encore sous le coup de la révolte tchécoslovaque du mois de mai – nous sommes en 1968 –, la fameuse tentative de soulèvement populaire durement réprimée par les chars de l'Armée rouge investissant la ville de Prague.

Une chape de tristesse tombe sur l'enthousiasme du jeune Argentin. Soldats en uniforme kaki sombre, l'étoile rouge soviétique sur leur bonnet, des allures de bouledogues. Employés grincheux, renfrognés. Sur les trottoirs, les passants ont l'air accablé. Dans les bus, aucun regard échangé entre voyageurs, aucune conversation. Chacun dans son coin, méfiant, comme s'il était constamment surveillé. Pedro tombe de haut. Lui qui pensait le régime communiste, toujours en vigueur, assoupli. Quelle différence avec l'exubérance bruyante et rieuse de Buenos Aires!

Pendant deux ans, Pedro ronge son frein. Impossible pour un séminariste de la faculté catholique de Ljubljana, de se mêler aux jeunes de la ville : l'Église, dans la Slovénie yougoslave, est seulement tolérée. Le clergé s'est refermé sur lui-même. Il porte la soutane, sort rarement des sacristies. Le régime communiste le contraint à se cantonner dans les exercices liturgiques et l'enseignement de la religion. Ici, pas question pour Pedro de dépenser son énergie dans le sport, ni même d'entamer la conversation avec les gens dans la rue. Partout, on lui recommande la prudence : il faut parler plus doucement et pas à n'importe qui, ne rien dire de ses pensées...

Pedro essaie d'oublier l'effervescence qui règne alors en Amérique latine. Là-bas, sous l'impulsion de dom Helder Camara, les communautés de base commencent à prendre leur place dans l'Église. Là-bas, ça bouge. Ici...

Deux ans, ça suffit. Pedro demande à ses supérieurs une pause de réflexion, et de lui payer le voyage jusqu'à Madagascar où il propose de travailler comme maçon, dans les paroisses lazaristes. Autorisation accordée.

Il est plus que jamais décidé à devenir missionnaire, mais il ne veut pas retourner à Ljubljana pour achever sa formation de séminariste. L'ambiance imposée par les communistes y est vraiment trop pesante pour lui, trop étouffante. Au retour de son premier séjour à Madagascar comme maçon, c'est vers la France qu'il se dirige, la France, « pays d'ouverture au monde! », et patrie de saint Vincent de Paul. A Paris, se tient la maison mère de la mission lazariste. Pedro s'inscrit à la « Catho », la faculté catholique de la rue d'Assas, à Paris, pour ses trois années de théologie. Il a vingt-quatre ans.

A Paris, Pedro ne connaît personne. Cela ne va pas durer longtemps.

La France est un pays superbe. On y trouve tout ce que l'on veut, on y mange bien. Pour Pedro Pablo Opeka qui, en ce début d'octobre 1972, arrive d'une région pauvre de la brousse malgache, la France est quasiment un pays de cocagne. Une fois soignées les fameuses maladies tropicales attrapées là-bas, il retrouve en peu de temps toutes ses forces. Oui, la France est un pays agréable. Mais son administration... « c'est pas un cadeau ». L'étudiant argentin, comme tous les autres étrangers, se heurte aux tracasseries de la bureaucratie chargée de l'établissement des cartes de séjour ou du renouvellement des papiers des immigrés. Et encore a-t-il, lui, la chance d'être recommandé par la communauté lazariste chez laquelle il habite, rue de Sèvres, à Paris. Une référence qui facilite l'accès aux guichets. Mais il ne peut s'empêcher de réagir en voyant comment les immigrés sont traités : l'attente obligée des heures durant avant l'ouverture des portes, les queues interminables, les rebuffades, les insultes :

– On n'est pas des chiens, tout de même!

A l'époque, Pedro ne parle pas bien le français – il en a seulement appris quelques rudiments à Madagascar – mais il sait se faire comprendre. Surtout lorsqu'il faut prendre la défense des plus faibles.

Pedro n'a pas l'intention de passer ses trois années d'études « le nez dans les bouquins » uniquement. Avec sa facilité d'aller vers les autres, de lier connaissance, il ne tarde pas à se faire beaucoup d'amis.

– Dans cette période, il y avait beaucoup d'effervescence chez les étudiants et les lycéens. Des réunions, des manifestations! J'ai vite été " dans le bain ". Les mouvements de soutien aux immigrés se lançaient dans l'action. J'allais avec les militants dans les usines de la banlieue afin de servir d'interprète du serbo-croate en français pour les travailleurs yougoslaves. Les recherches sur le dialogue entre marxistes et chrétiens me passionnaient. Et, bien sûr, je fréquentais beaucoup la communauté slovène en France et les Latino-Américains. Plus tard, j'ai même été responsable du centre des étudiants latino-américains : j'étais chargé d'inviter des conférenciers. Un soir, nous avons reçu l'abbé Pierre. Je me souviens encore combien il m'a impressionné. Tant de force intérieure, tant de conviction émanaient de ce petit bonhomme à l'apparence fragile!

Pedro est loin de se douter, alors, qu'un jour, à l'autre bout du monde, il s'occupera lui aussi des sans-abri.

Trop de réunions, trop d'études. Et pas assez de dépense d'énergie physique. A vingt-quatre ans, Pedro a des envies de bouger, de courir, de taper dans un ballon. Le foot lui manque. A défaut d'une section « sport » à l'Institut catholique de la rue d'Assas, il descend vers le boulevard Saint-Michel et va s'inscrire à celle de la Sorbonne. Et le voilà au stade Charletty, tous les soirs, de dix-neuf à vingt et une heures, à se défouler : courir, taper son ballon contre le mur. Tout seul. Il ne connaît aucun sportif à Paris. Mais Pedro isolé, cela ne dure jamais longtemps. Pierre Mazet, un étudiant en lettres, le repère et lui propose d'intégrer l'équipe de foot de la Sorbonne. Entraînement tous les jeudis après-midi. Les performances de la nouvelle recrue ne laissent pas indifférent. Pierre lui demande :

– Et le dimanche, ça te dirait de jouer avec mon équipe locale, à Orgerus, dans les Yvelines?

Il se trouve que, dans cette équipe, joue aussi un certain Gilbert Mitterrand. Les footballeurs d'Orgerus sont de bons amateurs. Leurs résultats sont publiés chaque semaine dans le journal spécialisé

L'Équipe. Pour y participer, Pedro doit prendre une licence à la Fédération de football. On le voit, sur la photo, avec sa barbe – qu'il a laissée pousser à Madagascar – et les cheveux longs de tous les jeunes Européens des années 70. L'équipe d'Orgerus est fière de son joueur argentin à elle : à l'époque, les footballeurs argentins, comme Bianchi, sont en vedette. Pedro, lui, ne se défend pas mal. Pas mal du tout. Et, si l'équipe d'Orgerus gagne, c'est souvent à lui qu'elle le doit. C'est même lui qui marque le deuxième but décisif dans le match de coupe de France qui oppose l'équipe d'Orgerus à celle de Rambouillet, en 1974. C'est la consécration! Le lendemain, la photo de Pedro fait la « une » du journal *L'Équipe* : « Pedro, l'Argentin, en train de concrétiser la victoire d'Orgerus! » Mieux qu'un trophée!

Soyons objectifs : Pedro ne témoigne d'aucune modestie lorsqu'il parle de sa passion pour le ballon rond :

– Quand j'étais au petit séminaire, je jouais déjà bien. Je pensais même sérieusement à devenir prêtre et footballeur professionnel. Les deux en même temps. En Argentine, les stades sont archi-combles lors des matches de football. Enthousiaste, je me disais : en étant champion de foot, je vais ramener tous ces gens au Christ. Je devais avoir dix-sept ans. Je suis allé exposer mon projet à mon « visiteur ». Il m'a patiemment écouté et m'a répondu en souriant : “ Non, mon fils, les deux sont incompatibles. ” C'était comme un mur qui s'écroulait devant moi. J'ai eu du mal à m'en remettre. Mais, puisqu'il fallait choisir, j'ai choisi le service des pauvres.

N'empêche, chaque fois que Pedro a eu l'occasion de jouer au foot, il ne l'a pas fait à moitié :

– Quand j'étais sur le terrain, je me sentais plein de force, d'énergie. Je me donnais à fond. Le foot, pour moi, c'est un art : il faut se faufiler avec le ballon au milieu des autres joueurs, jouer à la fois avec son corps et son esprit. Pour marquer des buts, je me défendais à coups de pied, de genou. Je voulais gagner! En cas de besoin, je pouvais rendre coup pour coup, utiliser la violence, même, quand les autres me tapaient dessus et que l'arbitre ne voyait rien.

Drôle de séminariste, tout de même. Dans les vestiaires, ses copains – non croyants pour la plupart – ne se gênent pas pour « mettre en boîte » le futur curé et celui-ci leur réplique sur le même ton, sans se démonter.

Aujourd'hui, Pedro conserve encore, avec plusieurs d'entre eux, de véritables liens d'amitié. Il assure : « Le sport m'a beaucoup aidé pour mon équilibre intérieur. Les prêtres et les religieuses devraient en faire davantage! »

Taizé : autre pôle d'attraction de l'étudiant argentin en France. Pedro participe à plusieurs carrefours de réflexion : lutte et contemplation, justice et lutte contre la pauvreté, action et prière, théologie de la libération...

– Beaucoup de jeunes se retrouvaient là, de façon informelle. Des jeunes qui, dans cette société riche, se sentaient mal à l'aise dans leur peau, mal à l'aise dans leur foi, dans leur Église. Ils étaient en recherche de quelque chose qu'ils ignoraient, c'était chez eux comme une soif. Ils venaient à Taizé pour discuter ensemble, pour réfléchir. Je me sentais à l'aise dans cette ambiance à la fois sérieuse et très joyeuse. Je dormais dans les tentes, avec mon sac de couchage, comme les autres. A Taizé, je me suis fait des dizaines d'amis. Au milieu de tous ces jeunes, il y avait cet homme attachant qu'était frère Roger. Loin des idées toutes faites sur la jeunesse, il était ouvert à la modernité. Il cherchait, avec ces jeunes, de nouvelles richesses spirituelles, de nouvelles manières d'aborder la vie. Il disait qu'il ne fallait pas craindre « l'imprévisible », mais voir au contraire le côté positif des recherches de l'époque. Et moi, je buvais ses paroles comme du petit-lait. En voilà un qui ne s'enfermait pas frileusement dans les valeurs du passé!

Pendant les vacances, Pedro prend son sac à dos, son sac de couchage et part découvrir le monde : l'Algérie et le Maroc, l'Irlande – celle de Belfast et celle de Londonderry –, l'URSS et les États-Unis, les pays nordiques, la Terre sainte... Avec ses sandales et ses cheveux longs, les hippies le prennent pour l'un des leurs et s'étonnent lorsqu'il refuse le petit joint qu'ils lui tendent. Comme eux, il se déplace en auto-stop. Il partage avec eux les casse-croûte et les banquettes des gares où il passe la nuit; il discute, confronte les idées, écoute les confidences de ces marginaux en rupture de société. Et ça le passionne.

Certains de ses supérieurs craignent pour lui de « mauvaises influences ». Des adultes le mettent en garde contre les risques qu'il prend pour sa vocation à « se mêler ainsi aux gens ». Pedro connaît ces risques. Il évolue dans un monde très libre où seule sa conscience le guide.

– C'est la prière et le sport qui m'ont aidé à garder le cap, dit-il.

Et ce cap, c'est la prêtrise. Depuis son séjour à Madagascar, Pedro est plus que jamais décidé à devenir missionnaire auprès des pauvres du tiers monde. Rien ne lui paraît plus évident. Alors à quoi bon rétrécir son horizon, sélectionner ses fréquentations, s'imposer des limites?

– Je partais à la découverte du monde, des gens différents de moi, en cherchant à comprendre. J'avais envie d'aller voir ailleurs ce qu'on pensait, de confronter l'univers catholique – que je trouvais parfois un peu trop clos sur lui-même – avec d'autres façons de vivre, d'autres idées. Ce ne pouvait qu'être enrichissant. Je n'ai jamais eu peur de perdre ma foi. Déjà, je refusais de me laisser enfermer derrière des barrières.

Il ne semble guère avoir changé aujourd'hui :

– L'Église institutionnelle donne souvent l'impression d'avoir peur d'innover, regrette-t-il. Un exemple : elle parle beaucoup des pauvres mais, en fait, elle n'agit pas beaucoup. Pourtant le pape lui-même a souvent insisté sur l'engagement auprès des plus démunis. Quelques-uns seulement l'ont entendu. Des missionnaires au fond de la brousse, des prêtres et laïcs dans les villes et les cités de banlieue, qui se sont engagés auprès des exclus, souvent dans l'anonymat. Sans compter bien sûr, des gens commme l'abbé Pierre, sœur Emmanuelle ou mère Teresa, qui sont pour moi comme des lumières dans la nuit de la misère.

» Mais en général on dirait que l'Église craint de perdre le message de Dieu si elle s'occupe trop des démunis. Un comble pour des gens qui se sont donné pour mission de transmettre l'Évangile!

» Pour ma part, j'ai eu la chance – et la force – de résister à ceux qui voulaient me freiner dans l'ouverture au monde, dans la recherche de nouvelles formes d'action avec les hommes d'aujourd'hui. Pourquoi cherche-t-on à couper les ailes à ceux qui veulent aller de l'avant? Je ne me suis pas fait prêtre pour être fonctionnaire, avoir une vie confortable. Si c'était seulement cela, ça ne vaudrait pas le coup d'y consacrer ma vie.

» L'Église doit donner des règles, des lois, je le sais. Mais elles n'ont rien d'absolu. Le dernier recours de l'homme, face à Dieu, c'est sa conscience. Dieu lui laisse le libre choix. Comme tous les groupes, l'Église a tendance à s'enfermer dans ses structures. Finalement, elle impose des limites que Jésus lui-même n'a pas jugé bon d'imposer!

» Dans l'Évangile, Jésus ne connaît qu'une seule loi : tu aimeras ton Dieu de tout ton cœur, de toute ton âme, de toutes tes forces, et ton prochain comme toi-même. Elle est tout de même forte, cette phrase-là! Révolutionnaire! Pour moi, c'est un défi : un défi à l'égoïsme, à l'injustice, à l'indifférence. J'y trouve une incitation constante à aller de l'avant pour le service des plus déshérités. Pas par des discours. Par l'action. C'est seulement par l'action que l'on peut manifester combien l'amour de Dieu et l'amour du prochain sont indissociables.

» Comment rester neutre quand on a décidé de suivre Jésus dans le combat pour les pauvres? Dès lors, quoi de plus normal que de partager leur sort, de lutter avec eux pour un monde plus juste? Impossible de s'investir à moitié. Saint Paul a dit : " Malheur à moi si je n'avais pas prêché la bonne nouvelle. " Moi, je pourrais dire : malheur à moi si je n'aidais pas les plus pauvres. Si je ne leur apportais pas, à eux aussi, la miséricorde et la compassion de Dieu. Parce que je passerais à côté de l'essentiel de ma vie, à côté de la volonté de Dieu pour moi.

Vingt ans plus tôt, le futur prêtre ne disait pas autre chose : pour souligner le sens qu'il donnait, alors, à son ordination, il avait choisi cette phrase de l'Évangile où Jésus, après avoir déclaré que ce sont les malades et non les bien-portants qui ont besoin de médecin, renvoie les pharisiens au sens profond de leur Torah : « Allez donc apprendre ce que signifie cette parole, " C'est la miséricorde que je veux et non le sacrifice " » (Matthieu 9/13).

Aujourd'hui encore, la miséricorde demeure le ressort essentiel de sa mission. Il y ajoute une humilité de chaque instant :

– Je sais que je ne suis rien, c'est la main de

Dieu qui me conduit. Ma force de convaincre ou de réaliser ne vient pas de moi. Elle me vient de Dieu. Et ce travail de réhabilitation des pauvres, je n'y suis pas pour grand-chose. C'est Lui qui fait tout. Moi, j'exécute!

Juillet 1975. Pedro Pablo Opeka retourne en Argentine. C'est là qu'il a demandé à être ordonné. Au milieu de sa famille. Quand il débarque à l'aéroport de Buenos Aires Ezeiza, voilà sept ans qu'il n'est pas revenu ici. Les trois petites sœurs ont grandi. Laquelle est Lucia, laquelle Irène, laquelle Isabelle, parmi ces trois adolescentes qui sautent par-dessus les barrières pour courir embrasser leur grand frère? Luis, le petit frère, est devenu un jeune homme! Chaque soir, la famille reste longtemps autour de la table, à parler. Pedro va devenir prêtre! Quel événement!

Le 28 septembre 1975, à sept heures du soir, dans le chœur de la basilique de Lujan, Pedro s'allonge par terre, bras en croix, front contre le sol, devant Mgr Tomé, évêque du diocèse de Mercedes. Il reçoit l'imposition des mains et l'onction d'huile sainte. Et se relève prêtre, consacré à Dieu. Émotion. Gravité. Joie. Joie surtout. Indescriptible :

– J'ai senti à ce moment-là combien, en devenant prêtre, on touche à quelque chose de divin, impossible à expliquer. On entre dans le monde de la grâce.

La veille au soir, Pedro était resté longtemps sur une terrasse en face de la basilique, dans le silence de la nuit étoilée. Il avait laissé le temps s'écouler, mesurant avec humilité la grandeur de la mission à laquelle Jésus l'appelait.

Lujan! Combien de fois était-il venu, enfant, en pèlerinage avec sa mère, dans cette basilique construite par les lazaristes à soixante kilomètres de la capitale! Il se revoyait faisant derrière elle plusieurs fois le tour du sanctuaire à genoux... La coïncidence l'a ému.

Le lendemain de son ordination, Pedro descend à pied la plus grande avenue de Buenos Aires, l'avenue du 9-Juillet. Il marche au milieu de la foule dense, pour se sentir « homme parmi les hommes », priant Dieu de l'aider à « ne jamais se séparer du peuple des hommes ».

Sa première messe, le « père » Pedro va la dire le dimanche suivant à Lanus, l'école apostolique où il s'est pris de passion pour Jésus. Tous ses amis du séminaire sont là. Il leur a demandé d'accrocher au-dessus de l'autel une banderole avec cette devise : « Tout homme est mon frère. » Et ce ne sont pas des paroles en l'air.

– Elles sont plus que jamais d'actualité pour moi, reprend aujourd'hui Pedro. Tout homme est mon frère. C'est un être humain comme moi, quelle que soit sa race ou sa condition sociale. Nous appartenons tous à la même famille humaine. Nous sommes tous égaux, n'en déplaisent aux extrémistes de tous bords et aux intolérants.

Belle proclamation, mais lourde d'engagement. Il reconnaît :

– Depuis vingt ans, je réalise chaque jour combien il est difficile d'accepter vraiment l'autre comme un frère. Seule la foi me donne la force d'être fidèle à cette devise!

Accepter l'autre comme un frère, quel qu'il soit... Avec les paumés, les déshérités, les marginaux, la fraternité va de soi pour Pedro. Il sent que Dieu l'a choisi pour défendre leur cause dans un monde surtout préoccupé de profit et de réussite sociale.

Justement, avec ce monde de riches, de nantis, de gaspilleurs, la belle devise lui reste parfois en travers de la gorge. Difficile, tout de même, de porter dans son cœur les exploiteurs du sous-développement des pays du tiers monde, les magouilleurs de la corruption enrichis sur le dos de l'économie nationale, ceux dont la malhonnêteté a plongé le peuple dans un tel dénuement. Difficile aussi de ne pas s'emporter en face de certains techniciens d'organismes internationaux qui croient tout savoir des besoins des pauvres sans en avoir jamais côtoyé un, en dehors de leurs domestiques... ces fonctionnaires qui justifient leur titre avec de grands rapports décrivant le malheur et ses causes, mais se permettent de laisser traîner, pour des problèmes de paperasses, l'agrément de dossiers dont dépend pourtant la survie de milliers de gens. Difficile encore de garder son calme en face de certains politiciens aux discours ronflants, mais dont les décisions tiennent si peu compte des réalités de la misère au quotidien vécues par le peuple de ce pays.

– Pour la plupart de ces gens, s'indigne Pedro, la misère, le dénuement sont des mots abstraits.

Lorsqu'ils viennent dans nos villages et découvrent ce que ces mots-là cachent, concrètement, de détresse, de souffrance, ils ouvrent de grands yeux. La main sur le cœur, ils disent : " on ne savait pas ". S'ils savaient, en effet, tous ces gens-là, ils agiraient sans doute autrement, et plus vite.

C'est bien pour cela que le père Pedro a accepté la publication de ce livre. Pour témoigner de son expérience – une parmi bien d'autres, à travers le monde – auprès des laissés-pour-compte de la planète. Pour dire leur misère, mais aussi leur courage, au quotidien.

11

Tout homme est mon frère

La fillette est pliée en deux, secouée de spasmes. A chaque tournant de la route, elle se tasse un peu plus sur le siège de la voiture. Une main devant la bouche, les yeux exhorbités, elle lutte bravement pour ne pas vomir à nouveau dans la camionnette du père. La petite semble à bout de forces, mieux vaut s'arrêter un moment. Pedro freine sur le côté de la route et va aider Bakoly à descendre du véhicule. L'enfant s'affaisse dans ses bras. Il l'adosse à un arbre, lui tapote la joue, la rassure : ce n'est pas grave, ça va passer...

Pedro a accepté d'emmener Bakoly à Antolojanahary, le village Akamasoa à soixante kilomètres de Tana. La grand-mère de la petite est venue lui demander de la prendre avec lui lors de son prochain déplacement là-bas. La tante de Bakoly y habite. Elle voudra bien l'héberger pendant l'hospitalisation de sa mère. Elle, la grand-mère, a pris les deux petites sœurs. Elle est trop pauvre pour en prendre une de plus. Bakoly a onze ans, c'est une grande fille, elle saura se faire une raison de l'éloignement passager...

Le père connaît l'histoire de Bakoly. Ses vomissements ne sont peut-être pas étrangers au chagrin de la séparation? Pourtant, tout à l'heure, elle a dit qu'elle était contente d'aller chez sa tante, à la campagne. C'est peut-être simplement qu'elle a mangé quelque chose qu'elle n'a pas digéré?

Lorsque Pedro lui pose la question, la petite baisse la tête, triture le bord de sa robe. Puis elle éclate en sanglots :

– Mon père, je n'ai pas mangé depuis deux jours... Ce que j'ai vomi, c'est seulement de l'eau... Je ne suis pas malade, j'ai faim.

Entre les quatre grands lits, on a à peine la place de bouger dans la pièce. Quatre familles y habitent, pourtant. Depuis près d'un an. Quatre jeunes mères seules avec leurs enfants, tous de moins de cinq ans. En tout dix-neuf personnes. Et une armée de mouches. L'équipement est plus que rudimentaire, les vêtements en lambeaux.

– Oui, on est un peu serrés, reconnaît une jeune femme en baissant des yeux timides. Mais c'est mieux que la rue. Si nous n'avions pas été hébergées ici, que serions-nous devenues, avec nos enfants?

Pedro, embarrassé d'une installation aussi précaire, explique qu'en ce moment l'association est débordée par le nombre des nouveaux arrivants. Il promet cependant de leur réserver des cabanes en bois individuelles parmi celles qui vont être bientôt construites. La jeune femme sourit :

– Merci, mon père! Mais, si ce n'est pas possible,

ne vous en faites pas, nous serons encore bien contentes quand même de pouvoir rester ici...

Assise sur un lit, son bébé dans les bras, une autre jeune femme approuve. Martine, vingt-trois ans, trois enfants. Elle est la dernière arrivée. Elle est venue à Manantenasoa quand son mari a été mis en prison pour vol. Plus de logement, plus de ressources. Un jour, elle a aperçu son mari derrière le baraquement : il s'était évadé, il avait réussi à la retrouver. Il venait la chercher. « Pour aller où? » a demandé Martine. Avec les gendarmes lancés à ses trousses! Pendant la journée, elle a caché son mari dans la pièce. Les autres ont fermé les yeux. C'est en allant chercher ses deux aînés à l'école maternelle que Martine a pris sa décision. Non, elle ne partirait pas avec son mari, reprendre l'errance des mauvais jours, replonger dans l'incertitude du lendemain. Si elle avait été seule, oui, elle l'aurait suivi. C'est son mari. Mais il y a les enfants. Ici, ils peuvent manger, ils peuvent être éduqués, soignés. Ici, ils ont une meilleure chance pour leur avenir. Alors, elle a dit non, « je reste ». Le lendemain, elle s'est aperçue que son mari était parti sans prévenir. En emportant tout ce qu'elle avait, tout ce qui pouvait être revendu. Et les quelques francs malgaches qu'elle venait de toucher pour son salaire de la semaine à l'atelier de couture. Il n'a jamais reparu...

Mais, pour Martine, une chose est sûre : ses petits deviendront des enfants comme les autres.

Marie-Louise a attendu toute la journée à l'entrée du village de Manantenasoa. Le maintien digne et résolu, un visage dont les traits témoignent d'une ascendance indienne. Non, Marie-Louise ne vient pas pour demander à être admise. Elle a une maison, elle. Enfin, elle « avait » une maison, mais ce serait trop long à expliquer. Elle veut seulement parler au père Pedro et elle guette le moment où il quittera le village.

Quelqu'un a fini par prévenir le père, occupé à transporter des planches pour l'installation d'un atelier de menuiserie. Il est venu voir la femme. Que se passe-t-il?

– Père, venez voir ma maison, ce qu'elle est devenue... Venez voir comment je suis obligée de loger mes enfants... Venez voir, c'est tout ce que je vous demande.

Des larmes ont noyé ses yeux. Pedro, c'est bien connu, est incapable de résister aux pleurs d'une mère. Il a promis d'y aller en retournant à Tana :

– Attendez-moi, je vais partir bientôt, vous me conduirez jusqu'à votre maison.

La maison... Quatre murs calcinés. Du toit brûlé ne restent que deux ou trois poutres à ciel ouvert.

– Mon mari nous a quittés depuis deux ans. Il voulait la maison. Mais comme j'ai refusé de partir, il est revenu pour y mettre le feu, la semaine dernière... Je n'ai pas pu sauver grand-chose de l'incendie...

Ce soir, il pleut, comme toutes les fins de journée en cette saison, à Madagascar. Quatre enfants se serrent sous un assemblage de toiles de plastique bricolé par la maman, attaché aux poutres par des ficelles. C'est là qu'ils vont dormir, en se couvrant de sacs plastique récupérés dans la rue, pour se protéger de la pluie qui s'infiltre sous le toit de fortune.

Pas besoin d'explication, en effet. Pedro a vite compris. Avec son travail de domestique, la maman gagne à peine de quoi nourrir sa famille. Avec quoi paierait-elle les réparations de la maison?... Si au moins, on était à la belle saison, elle aurait le temps de se retourner. Mais avec cette pluie, ces orages... Les nuits sont froides. Les enfants risquent d'attraper du mal...

– Qu'est-ce que je peux faire, mon père? se lamente Marie-Louise.

Lui regarde les enfants. La faible lueur d'une bougie sort à peine de la pénombre leurs petits visages inquiets. Comment se fait-il qu'avec une telle pluie, aucun voisin n'ait proposé de porter secours à cette famille en détresse? Qu'est devenue l'ancestrale solidarité du peuple malgache? La vie humaine a-t-elle perdu son prix, même celle des enfants?

Intolérable. Là, devant ces quatre enfants, victimes de la méchanceté d'un homme et de l'indifférence du voisinage, ce soir, le père Pedro en a gros sur le cœur. Mais c'est aussi dans ces regards innocents qu'il puise le courage de surmonter la colère et la tristesse. Ce qu'il va faire? Comme d'habitude. Se battre contre l'égoïsme. Agir.

– Demain matin, promet-il, je vous envoie une équipe de menuisiers pour refaire votre toit.

C'est la troisième fois que l'association Akamasoa

intervient en dehors de ses villages, pour retaper, en ville, des maisons délabrées de familles en détresse.

Nary a treize ans. Si, si. Il ne faut pas se fier à ses épaules étriquées et à sa petite taille. C'est presque un homme. La preuve : il se débrouille dans la vie comme un homme depuis déjà pas mal de temps. Depuis qu'un jour ses parents ont disparu de la circulation. Un soir, ils n'étaient plus à l'endroit habituel, sous les arcades en face du marché. Ils étaient partis avec les petits frères et sœurs. A moins qu'ils n'aient été ramassés par la police et mis en prison... Allez savoir. De toute façon, il y a longtemps que Nary a appris à se débrouiller seul. Il est l'aîné de la famille, ses parents n'ont pas besoin de la charge d'un grand de treize ans. Depuis qu'ils vivent dans la rue – quatre, cinq ans, Nary ne sait plus – la famille s'est déglinguée. Le père se saoulait, la mère mendiait à la porte des hôtels, les gamins chapardaient sur les étals des commerçants et dans les sacs des passants. Et lui? Lui, il vit sa vie. Il a un « truc » : la mendicité aux voitures qui s'arrêtent, bien obligées, à l'un des rares feux rouges de la ville. Il a repéré un *vazaha* (un Blanc) auquel il vend son air le plus implorant, quelqu'un avec un drapeau sur sa grosse voiture, un diplomate étranger à ce qu'il paraît, qui lui fait de temps en temps l'aumône d'une pièce avec un sourire gêné. De quoi vivre pendant au moins trois jours. De pas grand-chose, bien sûr, mais il faut savoir se restreindre lorsqu'on n'est pas milliardaire.

Donc, Nary, treize ans, se débrouille tout seul.

C'est même tout seul qu'il est monté jusqu'à Manantenasoa pour demander asile dans le village du père Pedro. On l'a interrogé : orphelin? A vrai dire, Nary n'en sait rien. Peut-être ses parents sont-ils morts, à l'heure qu'il est? Bon. Chez Akamasoa, on en a vu d'autres. Plusieurs enfants comme Nary, seuls au monde, sont déjà venus d'eux-mêmes frapper à la porte du centre d'accueil. Alors, bienvenue Nary! Tu vas habiter avec une famille du village. Un enfant de plus, ils n'y verront pas d'inconvénient. On leur donnera une ration de riz supplémentaire. Auparavant, tu vas passer la visite médicale au dispensaire avec le médecin de MSF.

Au dispensaire, le médecin a coincé son stéthoscope sous les côtes de Nary. Une fois, deux fois. « Respire. Tousse... Reviens me voir demain. »

Entre-temps, le médecin a alerté la religieuse infirmière et le père Pedro : Nary a sûrement la tuberculose. Diagnostic confirmé par des examens plus approfondis. C'est Pedro qui a annoncé la nouvelle au garçon : « Tu dois aller à l'hôpital pour te faire soigner. Marion, le volontaire du dispensaire, t'emmènera demain. » Nary a hoché la tête, en silence. Puis il est retourné chez la famille qui l'héberge. Là, il a pris ses affaires. Ça tenait dans un minuscule sac en plastique.

Et on ne l'a plus revu.

Depuis trois jours, Marion et Claudine, une autre volontaire de l'association, sillonnent les rues des quartiers pauvres à la recherche de Nary. Pour le rassurer : pendant son séjour à l'hôpital, il sera pris en charge par l'équipe spéciale mise en place par

Akamasoa pour assurer quotidiennement le suivi des malades – service aidé financièrement par la Croix-Rouge de Marseille et celle de Burgos en Espagne. Il sera visité et nourri chaque jour. On ne le laissera pas tomber. Il faut absolument le convaincre de se faire soigner. Le persuader qu'il peut s'en sortir. Mais qu'il y a urgence...

Ils peuvent toujours chercher... Dans un coin de la ville, sans doute non loin d'un bac où sont entreposées les ordures de la semaine, Nary se terre. Il ne veut pas aller à l'hôpital. Il sait que, dans la plupart des cas, les pauvres n'en ressortent que morts. Il n'a aucune confiance dans le monde des adultes. Il se débrouillera sans eux. Comme un homme.

A Antolojanahary, tout le monde se souvient du jour où est arrivé un dénommé Pierre. Une « armoire à glace ». Et karatéka de surcroît. Ce jour-là, il s'était fait tout humble devant le père Pedro. Il venait demander à être intégré au village avec sa femme, enceinte, et son fils. Boulanger de métier, il savait construire un four. Le père l'a écouté avec intérêt : il pouvait être une recrue intéressante pour le village qui n'avait personne pour fabriquer le pain. Comme d'habitude, avant de prendre une décision concernant l'ensemble de la communauté, le père a demandé l'avis du comité d'Antolojanahary. Décision : prenons-le à l'essai.

L'homme construit son four, entreprend la fabrication du pain, tout marche pour le mieux. Mais plus il prend sa place parmi les autres, plus il montre d'intolérance, d'agressivité. Avec l'argent gagné, il se procure de l'alcool. Et, quand il est ivre, il devient « un vrai démon ». Un jour, une bagarre avec lui tourne mal et le comité intervient juste à temps : Pierre avait ceinturé un homme qui lui tenait tête. Il voulait le passer dans le four. Le village a enfermé Pierre dans une pièce, le temps d'appeler le père Pedro en urgence.

Lorsque Pedro arrive, le comité est décidé : il faut expulser cet homme, il est trop dangereux. Le prêtre essaie de temporiser, de discuter. Le comité reste inflexible :

– Père, vous, vous allez retourner à Tana. Mais nous, nous restons à la merci de cet homme violent. Quand il ne se contrôle plus, il peut tuer n'importe qui. Non, on n'en veut plus. Pas question de le garder un jour de plus parmi nous. Il constitue un risque trop grave pour notre communauté.

En effet, Pedro aurait volontiers accordé une nouvelle chance au boulanger. Mais il ne peut aller à l'encontre de l'avis des villageois, il doit dire à Pierre de partir.

– Alors, j'ai pris ma plus grosse voix, raconte-t-il. J'ai puisé dans toutes mes réserves d'énergie pour m'opposer à cet homme que je savais brutal et qui croyait me faire peur parce qu'il était plus grand que moi. Devant ses qualités de karatéka, je ne faisais pas le poids, c'est vrai. Entre lui et moi c'était un rapport de force, de volonté, de puissance intérieure. Tout devait passer par la voix et le regard.

Il faut croire que le père Pedro a su se montrer persuasif. Pierre a baissé les yeux le premier et s'est éloigné. Il était accablé et restait là, assis devant sa maison, sans réagir. Pour sa seule défense, il a avoué :

– Ici, père, c'est le seul endroit où quelqu'un a eu le courage de me dire : " tu as mal agi ". Je reconnais mes torts. Mais si je m'en vais, c'est foutu pour moi, je ne pourrai jamais changer. Devenir un homme capable de vivre au milieu des autres hommes. Depuis toujours, j'ai eu une vie tellement dure...

Et il s'est mis à raconter son enfance ou ce qui en tenait lieu, sa jeunesse en dérive, son passé dont il n'était pas fier.

– Je ne pouvais pas le renvoyer en me moquant de ce qu'ils allaient devenir, lui et sa famille, reprend Pedro. En cherchant une solution, j'ai eu une idée : à Ambatobé, un boulanger rendrait un grand service. C'est l'un de nos villages, près de Tana, mais situé à l'écart des autres. Nous avons créé Ambatobé avec le soutien d'une association française de Nantes, Appel Détresse, qui en assure aujourd'hui la gestion. La responsable locale de cette association serait sûrement d'accord pour la création d'un four et d'une boulangerie.

J'ai proposé à Pierre de l'envoyer là-bas. Il a eu une hésitation : en réalité, il était interdit de séjour à Tana et dans les environs. Pour une histoire grave de règlement de comptes mortel entre bandes rivales. Je l'ai remercié de sa franchise. Mais Ambatobé est loin de la ville. Personne ne viendrait le chercher là. A condition qu'il n'en sorte sous aucun prétexte.

D'accord? Pierre promet, s'installe avec sa famille,

construit un superbe four et s'insère peu à peu dans sa nouvelle communauté. Avec bien du mal, cependant, à cause de plusieurs rechutes du côté de la bouteille de *toaka,* qui lui valent de sévères semonces de la part de Pedro. Finalement, Pierre et sa famille commencent une nouvelle vie. Jusqu'au jour où, par hasard, un policier de Tana a à faire dans le village. Il reconnaît Pierre, l'ancien truand :

– Que fais-tu là? Si les gens de la bande adverse apprennent que tu es ici, les représailles ne vont pas tarder : ils viendront brûler le village.

A la prochaine visite de Pedro, Pierre a pris le prêtre à part :

– Père, lui dit-il, il faut que je m'en aille. Si je reste, je mets le village en danger. Je ne veux pas qu'à cause de moi des gens soient tués ici, et le village détruit. Je dois partir.

Pedro, qui connaît bien le monde redoutable des gangs de Tana, sait que l'avertissement du policier doit être pris au sérieux.

– Dès le lendemain, poursuit-il, nous avons emmené Pierre et sa famille à une centaine de kilomètres de Tana. Nous lui avons donné des vêtements, des outils, un peu d'argent pour qu'il puisse redémarrer. En route, nous avons discuté, lui et moi, d'homme à homme. Il ressentait une grande amertume. Au moment où il se croyait tiré d'affaire, voilà qu'il était à nouveau obligé de fuir... Je l'ai réconforté de mon mieux : « Tu viens de démontrer ton sens des responsabilités vis-à-vis des autres. Tu vois, tu es capable de te racheter, de changer ta vie. Dieu ne ferme jamais la porte de l'espoir. Fais-lui confiance. » Avant notre séparation, il s'est agenouillé et m'a demandé ma bénédiction. Elle l'accompagne toujours...

Ce jour-là, se tient à Tana une importante réunion des ONG (organisations non gouvernementales) malgaches, s'occupant des projets de développement du pays. Sur l'estrade, des représentants de « bailleurs de fonds », statistiques en main, expliquent à ces braves gens que la bonne volonté ne suffit pas et qu'il faut savoir utiliser au mieux l'argent des organismes internationaux chargés de l'aide aux populations défavorisées. Paroles, paroles...

En retournant à son bureau après la réunion, Pedro annonce à ceux qui l'accompagnent qu'il doit faire un détour. Ce matin, en venant, il a aperçu deux nouvelles cahutes installées le long du canal. Plusieurs enfants en guenilles jouaient à côté. Toute la journée, en écoutant les doctes discours sur l'aide aux peuples déshérités, le père y a pensé. Il connaît bien cet endroit insalubre, en bordure d'un terrain vague, près d'un dépôt d'ordures. Plusieurs fois, il est venu avec les volontaires d'Akamasoa chercher – sur leur demande – des familles sans-abri qui y avaient édifié un dérisoire refuge.

Du canal émane une odeur fétide. Dans l'une des cahutes dorment deux bébés à peine vêtus, un tout-petit de quelques semaines, un autre d'un an, guère plus. Des mouches s'agglutinent sur leurs visages, sur leurs mains... Un frémissement au bord de la toile plastique : c'est un rat qui s'échappe et se glisse dans les herbes du canal. Une femme est assise sur le côté. Elle ne peut se lever. Un pansement de chiffons sales entoure sa cheville gauche. Hier, un chien l'a mordue, sur le dépôt d'ordures où elle cherchait « quelque chose qui se mange ». Le père lui dit qu'elle ne peut rester comme ça, qu'il faut qu'elle se soigne, que ses enfants vont attraper des maladies s'ils restent là... Elle hausse les épaules. « Oui, mon père, d'accord mon père. Mais il y a mon fils aîné... »

Avec de petites phrases patientes, Pedro essaie de comprendre les réticences de cette mère de famille au regard désabusé. Elle n'a plus de maison depuis deux ans. Son mari a été arrêté par les gendarmes. Son fils aîné lui apporte parfois un peu d'argent. La dernière fois, c'était il y a plusieurs semaines. Mais il va revenir, c'est sûr, alors elle veut rester ici, à l'attendre... Elle a pris un air obstiné, et Pedro respecte son secret de pauvre. Il lui dit seulement :

– Dans quelques jours, j'enverrai une équipe de l'association vous chercher, pour le cas où vous auriez changé d'avis. Songez à vos enfants.

Deux jours plus tard, quand Cressent et Monique sont venus avec la camionnette de l'association, ils n'ont pas trouvé la femme près des cahutes. Elle était partie fouiller les ordures, avec ses deux petits. Mais, et la blessure à sa jambe? ont-ils demandé à sa voisine de l'autre cahute. La voisine a eu un rictus amer :

– Nous, les pauvres, on a la peau dure!... Et elle a ajouté : Inutile de l'attendre, elle restera ici tant qu'elle n'aura pas eu de nouvelles de son fils. On dit qu'il est recherché par la police... Il a quinze ans.

Rapauline a seulement dit : mon mari est mort. L'explication lui semblait suffisante pour justifier l'absence du père de ses trois enfants. Et sa demande d'être accueillie, ici, à Manantenasoa. Elle ne voulait pas en dire plus. Une trentaine d'années, pas très grande mais solide, Rapauline avait l'air buté de ceux qui en ont gros sur le cœur... Il a fallu toute la patience de Pedro pour que la jeune femme livre enfin son lourd secret : son mari avait été tué, par des gens, en pleine rue. Brûlé vif. Il avait volé de l'argent dans une boutique, sur le trottoir. Le commerçant avait crié « au voleur! ». Des passants l'ont rattrapé. Et pour une fois qu'ils en tenaient un, dans cette ville où l'insécurité est une plaie insupportable, ils ont décidé de faire justice eux-mêmes. Inutile d'appeler la police, chacun sait qu'elle n'a pas les moyens suffisants pour maintenir l'ordre. Alors ils ont pris un bidon de pétrole, ils en ont aspergé le voleur. Et ils y ont mis le feu...

L'homme avait volé la valeur de quinze francs français. En écoutant Rapauline, Pedro pense à tous ceux qui ont mis tant et tant d'argent dans leurs poches, avec la corruption. Le mari de Rapauline avait volé pour la survie de sa famille. Et c'était à lui que le peuple, cruel et injuste, s'en était pris...

Une fois qu'elle a sorti de son cœur sa tristesse et son ressentiment, qu'elle s'est sentie comprise, Rapauline a repris courage. Et confiance dans les autres. Elle s'est mise au travail à la carrière avec acharnement. Elle a entrepris de confectionner des briques pour construire sa maison. Des voisins lui ont donné un coup de main. C'est grâce à eux que s'efface, peu à peu, dans le souvenir de Rapauline, l'image de son mari, transformé en torche vivante par l'injustice de la pauvreté.

12

A la place du pauvre

La dame blonde ne comprend plus rien. Pourquoi les organisations charitables de Tananarive lui ferment-elles leur porte, l'une après l'autre? Avec des ménagements, certes. Mais c'est partout la même réponse : nous regrettons, nous n'avons pas besoin de votre aide pour le moment. C'est tout de même un comble, dans une ville qui compte autant de miséreux!

Appelons-la Jacqueline. Une petite cinquantaine alerte et entreprenante. Elle arrive tout droit de l'est de la France. Pour se rendre utile. Depuis quelque temps, Jacqueline avait des « problèmes familiaux ». Plus rien ne tournait rond dans sa vie. Alors elle a décidé de changer d'air. En allant donner un coup de main aux déshérités du tiers monde. Jacqueline aime bien s'occuper des autres. Il y a tant de misère sur notre planète, on voit ça tous les jours à la télé.

Justement, elle a entendu à la radio un reportage sur Madagascar. Là-bas, elle allait pouvoir se dévouer. Rien de tel pour relativiser les soucis personnels.

Sitôt arrivée dans la capitale malgache, Jacqueline a fait le tour des congrégations religieuses pour proposer son grand cœur et sa bonne volonté. Stupeur : son élan généreux ne suffit pas. Les congrégations et les associations ont déjà leur propre organisation, leurs propres structures, leur propre personnel. D'ailleurs, comment pourraient-elles utiliser une personne qui ne connaît pas la langue du pays et n'a aucune compétence particulière? Ici, les professionnels du monde médical ou administratif ne manquent pas. Autres problèmes pratiques : où la loger? comment la nourrir dans ce pays où les étrangers peu habitués doivent prendre de grandes précautions pour leur santé? Bref, Jacqueline semble davantage poser de problèmes qu'en résoudre. Cruelle déception. En désespoir de cause, elle est venue voir le père Pedro. Lui, avec tous ses pauvres, il aura sûrement besoin de ses services.

Eh bien, c'est que... Le père Pedro est aussi embarrassé que les autres. Bien sûr, il est touché par le désir de cette brave femme d'aider les plus démunis. Mais concrètement, que peut-elle faire? Comment peut-elle s'occuper de pauvres gens dont elle ne parle pas la langue? Elle risque, c'est vrai, d'être une charge supplémentaire pour les volontaires d'Akamasoa dont les tâches sont multiples et qui n'auront guère le temps d'être à ses côtés...

Pedro n'a pas voulu évincer la généreuse Jacqueline. Il l'a encouragée à chercher une autre association qui pourrait l'utiliser. « Je lui ai promis que, sinon, nous lui trouverions " quelque chose à faire " dans l'un de nos villages. Je ne voulais pas lui fermer la porte. »

Jacqueline n'est pas un cas unique. C'est pourtant l'une des rares qui aient débarqué sans prévenir, sans rien préparer. Comme si le seul désir de s'occuper des pauvres suffisait à répondre à leurs besoins. L'aide aux populations sous-développées ne s'improvise pas.

Chaque semaine, Pedro trouve dans son courrier des propositions de jeunes ou d'adultes, de pays européens, souhaitant venir « faire quelque chose pour les pauvres » des villages de son association.

– Cela part d'un bon sentiment, reconnaît-il. Et pour nous, un coup de main, c'est toujours bon à prendre. Mais nous devons être vigilants : si des Européens viennent chez nous en trop grand nombre et pour un temps trop long, leur présence peut peser trop lourd sur l'équilibre de nos structures. Nous sommes une association malgache. Les jeunes du pays qui s'en occupent le font avec beaucoup de cœur et de compétence. Akamasoa, c'est leur association à eux, leur boulot à eux. Or, je crains que si des Européens viennent trop souvent et en trop grand nombre, ces jeunes Malgaches ne se sentent un peu dépossédés de leurs responsabilités. A Madagascar, il a longtemps existé une sorte de fascination pour les *vahinys* blancs. Cela commence à changer mais les Malgaches ont tendance à considérer celui qui vient d'ailleurs comme plus fort qu'eux, et à se mettre à sa remorque. C'est aussi une forme de respect de leur part, un désir de faire plaisir. Il faut en tenir compte. Les jeunes Malgaches d'Akamasoa doivent rester les premiers " maîtres à bord " de leur association. Et il faut qu'ils le deviennent encore davantage. Ils ont toutes les qualités et les compétences pour cela. Avec ce travail, ils s'impliquent dans une action pour l'avancée du progrès et de la justice dans leur pays. Ils deviennent d'importants agents de l'établissement de la démocratie à Madagascar. C'est pour qu'ils soient reconnus comme tels que j'évite une présence trop importante de bénévoles européens.

» En fait, pour aider les gens de nos villages qui arrivent de plus en plus nombreux, le mieux serait que nous ayons assez de moyens financiers pour embaucher et former de nouveaux volontaires malgaches. Les postulants ne manquent pas : j'ai plus de cinquante demandes en attente, de jeunes qui feraient parfaitement l'affaire, auprès des gens de nos villages.

Dans leurs lettres, beaucoup de candidats à la solidarité « chez le père Pedro » expliquent longuement qu'ils veulent se sentir utiles, qu'en aidant les pauvres, ils donneront un sens à leur vie. Autant de belles et bonnes idées qui réjouissent Pedro. Qui fait semblant de s'étonner :

– Mais pourquoi venir les appliquer dans une contrée lointaine? Pourquoi ne retroussent-ils pas leurs manches dans leur propre pays? En Europe aussi, vous avez des populations déshéritées, des sans-abri, des gens dans le besoin, dans la solitude, dans la détresse psychologique.

En réalité, la plupart de ceux qui souhaitent venir

« aider les pauvres » à l'autre bout du monde, comme Jacqueline, n'ont simplement pas approfondi leur réflexion. Chez certains, cependant, on sent une sorte d'attrait pour la misère « d'ailleurs ». Même au fin fond de l'Afrique, la pauvreté n'a rien d'exotique.

Akamasoa veut cependant rester une association ouverte et elle accueille tout de même un nombre important de bénévoles européens. Des groupes de jeunes, notamment, pendant les vacances scolaires. Ils travaillent dans les villages, le plus souvent pour la construction de maisons. Ils ont des responsables qui les encadrent et s'occupent de leur logement, de leur nourriture. Ils ne sont pas une charge pour les volontaires. Et les villageois sont très contents de les accueillir parmi eux. Des liens d'amitié se créent. Pour les uns et les autres, c'est toujours une expérience positive.

Des adultes passent aussi quelque temps pour travailler dans les villages. Curieusement, celui qui reçoit n'est pas toujours celui qu'on croit. Pedro se souvient d'un ingénieur en informatique français, venu lui aussi pour « aider les pauvres » :

– Auprès d'eux, dans les villages, il s'est vite aperçu qu'il ne savait pas faire grand-chose de ses mains et que, dans certains domaines, ils en savaient plus que lui. Il a appris, il a partagé leur vie, tout simplement. En fait, ce qui importait le plus, pour les déshérités de nos villages, c'est qu'un Européen soit venu vivre avec eux, qu'il se soit intéressé à leurs problèmes. L'ingénieur s'est rendu compte qu'il leur avait apporté bien autre chose que son savoir d'Occidental. Et que la vraie richesse qu'il pouvait donner, c'était la richesse du cœur. Avant tout.

Difficile, pour Pedro, de déceler les motivations profondes de ceux qui lui écrivent ou qui débarquent dans son bureau avec un cœur « gros comme ça ». Il devine, cependant, chez la plupart, un certain désarroi. Beaucoup reconnaissent leur « problème de conscience » en face de la misère des trois quarts des peuples de la planète. Même ceux qui ne possèdent pas grand-chose ont ici le sentiment d'être incroyablement nantis en face d'une Charlotte, d'une Mama Emma, d'un Armand, d'un Joseph. Parce qu'ils viennent des pays riches, et que, vus d'ici, tous les problèmes de la vie moderne, là-haut, dans les États du Nord, prennent soudain un sacré coup de dérisoire. De quoi se plaint-on? On aurait pu naître, nous aussi, dans un coin de la décharge d'Andralanitra. Par quel miracle a-t-on échappé à cette horreur? Question obsédante pour tous ceux qui côtoient, ne serait-ce que quelques jours, les pauvres d'Akamasoa. En plein cœur du mystère de la destinée de chacun.

Au cours de son dernier voyage en Europe et en Amérique, au début 1993, Pedro a nettement ressenti une sorte de « manque » chez beaucoup de gens des pays riches :

– J'ai vu combien, dans ce monde obsédé par le profit, il fallait être compétitif, sinon vous pouvez crever, personne ne s'occupera de vous. J'ai vu des gens enfermés dans leur confort, fascinés par la consommation, des enfants couverts de jouets mais frustrés de vraie tendresse, des vieux isolés dans la froideur affective de maisons de retraite rutilantes. J'ai vraiment eu l'impression que le monde riche était en train de courir à sa perte. Qu'un jour, forcément, il serait fatigué de cette course au profit, au confort. Parce qu'il aurait perdu les vraies valeurs. Il aurait manqué l'essentiel. Il serait arrivé au sommet de sa réussite, mais vide de sens, vide de joie. Parce qu'il aurait fermé son cœur au souci de l'autre. Ce n'est tout de même pas pour rien que cet appel à l'amour du prochain tient une si grande place dans le message de l'Évangile. Pour moi, il s'agit là d'une aspiration profonde de l'âme humaine. Les richesses et l'acquisition de biens matériels ne remplissent pas le cœur de l'être humain, elles ne lui apportent pas le vrai bonheur.

» Je l'ai senti de façon très forte lorsque, en Europe ou au Canada, j'ai eu l'occasion de parler du travail d'Akamasoa avec les pauvres de Madagascar. Je voyais les yeux des gens fixés sur moi, j'y lisais comme un appel, un besoin d'élargir leurs centres de préoccupations habituelles, d'ouvrir leur cœur aux dimensions des terres oubliées d'aujourd'hui : le monde des pauvres de la planète.

» Les jeunes, surtout, paraissaient “ emballés ”. Mes paroles semblaient répondre à une attente, chez eux. C'est pourquoi je pense que tout n'est pas perdu. Que, dans les pays riches, des gens sont capables de se mobiliser pour la solidarité envers les plus déshérités.

» Le vrai défi du monde actuel est celui de la

justice et de la solidarité entre les hommes. Mais attention, on peut attribuer des millions de dollars pour l'aide aux peuples déshérités et faire n'importe quoi, simplement pour se donner bonne conscience.

Être efficace, pour Pedro, ce n'est pas réserver la « place du pauvre » dans un coin de notre confort, c'est vraiment se mettre « à la place du pauvre », afin de mieux comprendre cette injustice de la misère qui côtoie tant de gaspillage. Et cela, on ne peut le faire qu'avec le cœur. L'essentiel est là.

– Lorsque des groupes de jeunes Européens viennent travailler dans nos villages, reprend Pedro, tous constatent le courage de ce peuple malgache acculé à une misère qu'il ne mérite vraiment pas. Ils sont d'autant plus étonnés de l'accueil de ces pauvres gens, de leurs rires, de leurs chants. Ils disent : " Chez nous, on n'a pas cette joie de vivre, cet enthousiasme, cette spontanéité. " Les pauvres, c'est vrai, ont moins tendance au repli sur soi. Auprès d'eux on réapprend parfois des qualités oubliées. On remet beaucoup de choses à leur vraie place.

13

Toujours récupérer le ballon

DÉCIDÉMENT, c'est le jour. Encore un blessé, le visage en sang. Celui-ci a reçu un coup de pioche d'un voisin complètement saoul. L'ivrogne s'en prenait à tous ceux qui ne s'enfuyaient pas assez vite sur son passage.

– Il va tuer tout le monde, mon père, allez-y vite!

D'accord, mais auparavant il faut demander à Christophe, le séminariste venu aider l'association, d'emmener cet homme à l'hôpital, il a besoin de points de suture. Et trouver aussi des membres du comité du village. C'est à eux, les responsables, de veiller à l'ordre public.

– Mais, mon père, en face de ce forcené, on ne fera pas le poids. Il ne craint que vous!

Pedro souffle un grand coup. Déjà, tout à l'heure, il a dû aller régler un problème de bagarre à coups de couteau entre deux beaux-frères. Là aussi le sang coulait. L'alcool, encore et toujours... Aujourd'hui, samedi, les gens ont touché leur paie. Impossible, pour certains, de résister aux vieux démons de l'ivresse. Ils sont peu nombreux, par rapport à l'ensemble, mais à eux seuls ils mobilisent une grande partie de l'énergie des responsables de l'association.

Le père se munit d'un bâton – on ne sait jamais – et d'une corde pour maîtriser l'ivrogne. Lorsqu'il arrive devant la maison de l'homme, plus personne. On le trouve sur son lit, affalé, ivre mort. Pedro confisque la pioche. L'engueulade sera pour demain, à l'appui de la punition que décidera le comité du village à l'encontre de l'agresseur.

Toute la journée, il a fait une chaleur lourde. A Tana, c'est la plus mauvaise saison. On cède plus facilement à la tentation de l'alcool... Dans les ruelles de Manantenasoa, ce soir, il y a des cris, des disputes, des démarches incertaines. Un homme chancelant s'agrippe au bras du père, le fait asseoir près de lui sur un petit muret et se lance dans une histoire incohérente. Au moins, lui, il n'a pas l'ivresse agressive.

Deux femmes accourent :

– Mon père! Bartolo nous poursuit avec un couteau. On ne peut pas rentrer chez nous!

Les épaules de Pedro se tassent :

– Allez chercher deux hommes du comité pour qu'ils vous raccompagnent.

Rude journée, même pour un costaud.

Ce matin, on a découvert que le magasin où sont stockées les denrées alimentaires pour la crèche avait été pillé durant la nuit : deux cent cinquante kilos de riz, soixante litres d'huile, deux cartons de savon ont disparu... Comme en ville, l'insécurité ici est un vrai problème. Les gendarmes sont venus pour l'enquête. Le père Pedro a demandé aux forces de l'ordre d'assurer des rondes de nuit dissuasives, dans ce village isolé. Les autorités ont promis, à condition que l'association assure leur transport jusqu'ici, aller et retour : les gendarmes manquent de véhicules et de carburant. Hélas, l'association aussi. A défaut de force publique, les villageois de Manantenasoa – comme ceux des autres villages de l'association – organisent eux-mêmes la surveillance et la sécurité. A tour de rôle et par petits groupes, munis de barres de fer et de sifflets d'alarme, ils forment des comités de vigilance pendant la nuit. Après avoir travaillé le jour. Les veilles sont pénibles et parfois les hommes s'endorment, forcément...

– Les pauvres ont pourtant droit à la sécurité, eux aussi, grogne le prêtre. Ils y ont droit autant qu'au travail, à la nourriture et à l'éducation. La paix et la tranquillité de tous en dépendent...

Ce matin encore : dans un autre hameau, Pedro a été appelé par des enfants. Leur mère ne pouvait se lever. Son mari l'avait tellement battue pendant la nuit qu'elle crachait du sang... Elle a fait exprès de détourner les coups sur elle, pour protéger ses petits. L'homme ne vit plus avec la famille depuis quelque temps, mais il revient souvent, le soir, pour montrer qu'il est toujours le maître dans la maison...

Fin de matinée : deux femmes se sont battues comme des harpies. Une histoire de rations de riz. « Tu n'avais pas droit à ce riz. – Toi, mêle-toi de tes affaires. – Tu n'as qu'à travailler comme tout le monde. – C'est pas toi qui vas me faire la morale. » Insultes. Claques. Les voisins les ont séparées. Mais peu après, l'une des femmes s'introduisait chez l'autre pour y mettre le feu. Celle-ci est arrivée à temps. Nouveau déclenchement de la bagarre. Et cette fois à coups de bouteille et de pierres. Résultat, deux blessées graves. Deux clientes de plus pour l'hôpital...

Alcool, drogue, méchanceté, vol, jalousie, mensonge, violence... Face cachée de la misère. Elle apparaît comme une carcasse hideuse ou pitoyable, mais, trop souvent, la vraie destruction est à l'intérieur. Chez beaucoup, un sursaut de dignité se produit assez vite avec l'espoir d'en sortir. Mais chez certains, les ravages ont creusé très profond. Cette misère-là est la plus difficile à combattre.

Des bouches à nourrir? Si c'était seulement cela, l'action pour les plus démunis... S'il ne s'agissait que de se démener pour trouver l'argent nécessaire à leur survie matérielle : le logement, la nourriture et le reste. Décrocher des financements. Convaincre des bienfaiteurs. Et organiser tout ça... Sacré boulot, bien sûr. Indispensable. Avec une bonne dose de persévérance et d'audace, on peut en arriver à bout. Et, dans la plupart des cas, les résultats obtenus sont positifs.

Le plus dur, le plus épuisant physiquement, le plus éprouvant pour les nerfs et le moral, c'est la tension continuelle provoquée par ce que Mama Emma appelait « les mauvais penchants » attrapés dans la rue. Les maladies honteuses de l'absolu dénuement. C'est ta peau ou la mienne. La tromperie, le vol, les agressions. On ne se débarrasse pas si facilement des habitudes enracinées dans l'instinct de survie.

Pedro ne peut leur en vouloir : il savait, dès le départ, à quel genre de population il aurait affaire. Mais vraiment, la réhabilitation de certains déshérités, par moments, « c'est pas de la tarte ». La réhabilitation morale et spirituelle, s'entend, celle qui leur redonnera leur vraie dignité, leur place au même niveau que les autres. Travail de longue, si longue patience, Pedro est bien placé pour le savoir. Seulement, certains soirs, c'est un peu dur à supporter. Des mots lui échappent : irritation, tristesse, déception...

Surtout ce soir : en repartant de Manantenasoa, il a pris la route de derrière, plus carrossable en cette période de pluies fréquentes. Un attroupement l'a contraint à s'arrêter : des hommes et des femmes, le pas vacillant, les yeux dans le vague, chacun sa bouteille de *toaka* à la main et peut-être sa dose de *rongony* dans la poche. Juste à la limite du village, un commerçant a installé un débit de boissons. Avec des disques hurlant à plein régime, pour racoler les amateurs de Manantenasoa, les soirs de paie. Devant ce lamentable spectacle, Pedro enrageait d'impuissance : que faire contre ces commerçants sans scrupules qui ruinaient en un soir des semaines et des semaines d'efforts de réhabilitation? Que faire pour dissuader ces pauvres gens d'ingurgiter les poisons qui les font devenir des démons de violence? Il les reconnaissait tous, dans le groupe, les *aficionados* de la bouteille : de braves types, pourtant, quand ils étaient sobres. Parmi eux, il a même aperçu quelques-uns des membres des comités des hameaux. Pas vraiment ivres, mais les yeux rouges, passablement éméchés. Si eux aussi lui faisaient faux bond...

Il a beau être solide, le grand barbu, baroudeur de la justice pour les pauvres, il lui arrive de fatiguer. Parfois, la coupe lui semble un peu trop pleine. Marre? Non! Il refuse ce qui lui paraîtrait une désertion de l'espérance évangélique. Pourtant Jésus, en butte à la trahison, là-bas, au jardin de Gethsémani, a pleuré lui aussi, comme tout un chacun.

– C'est un monde difficile, un monde de violence...

Sa voix est devenue neutre. Mauvais signe... « Dieu, aide-moi. » Il se met alors à penser aux enfants des villages. Et sa voix retrouve toute sa présence :

– Si, pour quelques adultes, la partie est loin d'être gagnée, il reste l'espoir représenté par chaque enfant arraché à la rue, à la délinquance, à l'analphabétisme, à la maladie!

Pedro revoit toutes ces frimousses éveillées, au sourire farceur, leur désir de bien faire, leur attachement affectueux. Leurs petites mains qui s'accrochent à la sienne. A côté de cette espérance, qu'importent les coups de lassitude! Il se redresse :

– On va continuer! On va y arriver!

L'ancien footballeur a de la ressource devant l'adversité. Avec la foi en Jésus-Christ comme ailier de terrain, à droite et à gauche, il peut toujours récupérer le ballon et foncer, droit au but.

Le lendemain matin, dimanche, le ciel est d'un bleu intense. Le soleil a repris sa tournée. Oubliées, les amertumes de la veille. Au programme de la journée : réunion avec les volontaires et bénévoles d'Akamasoa, suivie, dans l'après-midi, de la messe habituelle. Chaque dimanche, le père va célébrer la messe dans un village différent, à tour de rôle avec le père Basile, un lazariste malgache. Aujourd'hui, les gens de Manantenasoa sont contents : la fête avec le père Pedro a lieu chez eux. Oui, ici, la messe est une fête!

Ils sont tous là, les jeunes Malgaches engagés dans l'association, assis en rond sur des nattes, aux côtés de Pedro. Moyenne d'âge : vingt-cinq/trente ans. Le seul « vieux » est Papa Max, le responsable de la carrière. Tout aussi attentif et convaincu que ses jeunes collègues. Une soixantaine en tout : responsables des villages, des ateliers, de la crèche, institutrices et instituteurs, médecins et infirmiers, assistantes sociales, chauffeurs, techniciens agricoles, les deux religieuses détachées par la congrégation des Filles de la Charité et Damaze, l'épicier-catéchiste-animateur social. Une majorité de jeunes femmes et jeunes filles.

On commence par chanter. A Akamasoa, rien de sérieux ne démarre sans un chant pour réveiller les cœurs. Il paraît que c'est un cantique au Saint-Esprit. Si, dans les églises européennes, tous les cantiques balançaient avec autant de rythme et d'entrain, les voûtes résonneraient moins souvent dans le vide.

Chaque responsable de l'association sait combien le travail des volontaires dans les villages est astreignant, ingrat parfois. On commence par regonfler le moral des troupes. Raymond, le président, y met toute son ardeur. Fulgence, le comptable, donne l'état du budget. Célestine valorise la responsabilité des femmes : « Nous ne sommes pas le sexe faible dans ce travail », affirme-t-elle sous les ovations. Jean-Boto et Monique, deux des « bras droit » du père, prolongent la réflexion sur l'engagement pris.

Quand Pedro s'avance au milieu de l'assemblée, il n'a plus qu'à enfoncer le clou :

– Nous sommes là pour rendre leur dignité à ces déshérités. Pour qu'ils deviennent autonomes. Les enfants doivent être la priorité de nos priorités, ils sont vraiment l'espoir de notre travail. Mais ce travail, je ne peux pas le faire seul. J'ai besoin de chacun de vous tous.

Il scande chaque phrase avec des gestes convaincus, poings serrés. Puis il regarde tous ces jeunes d'un œil complice, lance une boutade. Éclat de rire général. La bonne humeur est au rendez-vous. Et c'est reparti pour un chant.

La même salle – qui fait aussi office de classe les jours d'école – va servir tout à l'heure de chapelle pour la messe. Pas besoin d'aménagements spéciaux. Simplement de disposer les nattes sur le sol, de chaque côté des murs nus. Comme décor dépouillé, on ne fait pas mieux. Une table en bois en guise d'autel. Et seulement trois chaises : une pour le violoniste, l'autre pour l'accordéoniste, la troisième pour le joueur de tam-tam. Damaze, l'épicier, a revêtu une aube blanche : c'est lui qui animera la liturgie et les chants.

On n'attend plus que le père Pedro.

Assis dans un coin de l'auvent, celui-ci confesse. Plié en deux, il met son oreille à portée de la bouche des enfants agenouillés près de sa chaise. Il écoute avec attention, dit une phrase d'encouragement, bénit le ou la pénitente qu'il renvoie avec une tape amicale sur l'épaule. Il prend le temps qu'il faut avec chacun. Un temps qui, pour lui, n'a pas de prix :

– La confession des enfants est toujours pour moi un moment important. Ils avouent : “ J'ai menti à ma mère, j'ai volé de l'argent dans le porte-monnaie de ma famille, j'ai battu mon petit frère... ” Il n'y a pas si longtemps, ces enfants vivaient dans la rue, beaucoup avaient été habitués à mendier, à voler. Et, aujourd'hui, ils commencent à distinguer le bien du mal, à trouver le chemin de la vérité. En écoutant leur confession, je me sens habité par la grande joie de Dieu. Ces enfants sont éduqués, ils vont pouvoir sortir de la misère et, plus tard, fonder une famille digne. A cause d'eux, ça vaut vraiment le coup de se battre pour continuer.

Par petits groupes, les fidèles dévalent les collines en direction de la chapelle. Dans le hangar de l'accueil, Justin, l'un des membres du comité, est venu inviter les nouveaux arrivants à la messe. Quarante ans, ancien militaire, il est au village de

Manantenasoa depuis deux ans. C'est là qu'il a retrouvé sa femme et ses enfants, en sortant de la prison où il purgeait une peine de trois ans. Une condamnation qu'il assure injustifiée, mais bon! tournons la page.

– J'ai décidé de rester et d'aider le père à nous sortir de la misère, dit-il. Ici, on peut vivre honnêtement, dans la dignité. Ici, j'ai aussi réappris à prier, à parler à Dieu. La prière, ça aide à réfléchir à notre vie...

Le père a revêtu une aube blanche, passé une étole verte à son cou. Devant lui, l'immense salle est comble. Tous les fidèles sont assis par terre, sur des nattes ou à même le sol : il n'y a pas assez de nattes pour tout le monde. Plus une place, même pas pour poser un pied. Des gamins sont agglutinés aux fenêtres, des hommes s'entassent près de la porte. Tous chantent à tue-tête, au rythme du tam-tam et de l'accordéon.

C'est ça, ici, le « Peuple de Dieu »... Cette assemblée en guenilles, les pieds nus. Ce vieux au visage creusé de rides, l'air revenu de tout, enveloppé dans sa couverture rose poussière, qui s'applique à suivre les paroles du refrain. Cette femme aux traits ravagés, aux cheveux hirsutes mal disciplinés sous un foulard en torchon. Ces gamins en tee-shirt troué, cette vieille édentée, cet homme à l'air pas commode, qu'on n'aimerait pas tellement rencontrer un soir au coin d'une rue. Et celui-là qui, dans la semaine, casse les pierres à grands coups de masse. Celle-là, au sourire candide, qui se prostituait encore l'année dernière. Ce jeune qui a fouillé les ordures toute la nuit. Cette fillette au regard trop sérieux, qui chasse les mouches des yeux de son petit frère, calé sur son bras gauche.

C'est ça, ici, le Peuple de Dieu. Ces visages marqués, meurtris, vieillis avant l'âge. Des années de dénuement y ont laissé des traces indélébiles. Quelques-uns paraissent sortis tout droit d'un tableau de Goya. Et pourtant, au long de la liturgie et des chants, la joie tranquille du moment transfigure les regards, ennoblit les traits.

La voix du père domine les cris des enfants, leur toux. Il exhorte l'assistance à la confiance en Dieu, à la prière qui donne la force de changer de vie. Tous écoutent sans bouger, les yeux fixés sur le prêtre. Ils ne perdent pas une parole, pas un geste. Puis les chants reprennent, clamés à pleins poumons. Quelques femmes viennent spontanément danser devant l'autel.

Dans l'assemblée, des mamans allaitent leurs enfants, des gamins vont et viennent. C'est un peu la foire ici. Rien à voir avec les messes académiques désertées par les pratiquants, en Europe. On se sent comme chez soi, en famille, partie prenante d'une communauté vivante, chaleureuse. Bercé dans cette chaude fraternité pleine de bruits et de ferveur. Pour finir, chacun prend la main de son voisin, et chante en balançant ses bras haut levés.

La messe est terminée. Le père a enlevé son aube et l'a rangée avec le ciboire dans un sac en plastique. Mais l'assistance n'a pas fini son chant. Les volontaires d'Akamasoa, tout à la joie d'être réunis, font durer la fête. Après ce chant-là, on en entame un autre, on tape dans les mains, et on se balance encore, les mains levées, tous ensemble...

On sort à regret.

On ne va pas se quitter comme ça? Alors, sur le terre-plein, devant la salle, on recommence. Le père est là aussi. On fait un grand cercle et on chante et on danse sur place. Trois enfants se dandinent au milieu en riant et tapant dans leurs mains, jupettes déchirées, gilets troués, les pieds nus, la morve au nez. On ne voit que leurs yeux, brillants de plaisir.

La nuit est tombée. Le vent se lève et la poussière pique les yeux. Il faut bien s'arrêter, se séparer.

Le père Pedro invite « ceux qui rentrent sur Tana » à monter dans son 4 × 4. Il s'installe sur le siège, les phares trouent la pénombre. Attentif aux cahots du chemin, le père Pedro fredonne doucement le chant de tout à l'heure...

Ce soir, la joie est plus forte que les soucis.

Table

Pour tout contact par courrier :

Père Pedro Opeka
Association Akamasoa
B.P. 7011
Antananarivo, MADAGASCAR

ou

Missions lazaristes
(Pour le père Pedro Opeka)
95, rue de Sèvres,
75006 Paris.

Pour les dons :

Chèques à l'ordre des Missions lazaristes (C.C.P. 285 88E Paris) avec la mention : Pour le père Pedro Opeka, à adresser à :
Missions lazaristes, 95, rue de Sèvres, 75006 Paris.

« Paroles vives »

Le Jardinier, de Roger BICHELBERGER.
Jésus, fils de l'homme, de Khalil GIBRAN.
Paroles du Passant, de Jean SULIVAN.
De miel et de fiel, d'Alain CHAPELLIER.
Confiteor, de Bernard BESRET.
Le Moine et le Poète, d'Emmanuel MUHEIM.
La Contagion de Dieu, de Jacques PAUGAM.
L'Égypte intérieure ou les dix plaies de l'âme, d'Annick de SOUZENELLE.
Une vérité singulière, d'Yves PRIGENT.
La Conversion du regard, de Michel BARAT.
L'Unité maintenant, de Roger BICHELBERGER.

*Cet ouvrage a été composé
et achevé d'imprimer sur Roto-Page
par l'Imprimerie Floch à Mayenne,
pour les Éditions Albin Michel
en mars 1996.*

*N° d'édition : 15498. N° d'impression : 39255.
Dépôt légal : mars 1996.*

Imprimé en France.